U0530271

国境之南，
太阳之西

[日]村上春树 ———— 著
赖明珠 ———— 译

上海译文出版社

KOKKYO NO MINAMI, TAIYO NO NISHI
By Haruki Murakami
Copyright © 1992 Harukimurakami Archival Labyrinth
All rights reserved.
Originally published in Japan by Kodansha Ltd., Tokyo.
Chinese (in simplified character only) translation rights arranged with
Harukimurakami Archival Labyrinth, Japan
through THE SAKAI AGENCY and BARDON CHINESE CRATIVE AGENCY LIMITED.

本书中译本由时报文化出版企业股份有限公司委任英商安德鲁纳伯格联合国际有限公司代理授权

图字：09-2022-1008 号

图书在版编目（CIP）数据

国境之南，太阳之西／（日）村上春树著；赖明珠译．－－上海：上海译文出版社，2024.12.－－ISBN 978-7-5327-9713-4

Ⅰ.I313.45

中国国家版本馆CIP数据核字第2024PB7190号

国境之南，太阳之西
［日］村上春树／著　赖明珠／译
总策划／冯涛　责任编辑／吴洁静　装帧设计／柴昊洲　封面插画／Cici Suen

上海译文出版社有限公司出版、发行
网址：www.yiwen.com.cn
201101 上海市闵行区号景路 159 弄 B 座
山东韵杰文化科技有限公司印刷

开本 890×1240　1/32　印张 6.875　插页 5　字数 110,000
2024 年 12 月第 1 版　2024 年 12 月第 1 次印刷
印数：0,001—7,000 册

ISBN 978-7-5327-9713-4
定价：68.00 元

本书中文简体字专有出版权归本社独家所有，非经本社同意不得转载、摘编或复制
如有质量问题，请与承印厂质量科联系。T：0533-8510898

1

我生于一九五一年的一月四日，也就是二十世纪后半段的第一年的第一个月的第一个星期。要说是具有纪念性，也不是不能说具有纪念性。于是我的名字就被叫作"始"。不过除了这一点之外，有关于我出生的事就几乎没有任何值得特别一提的了。我父亲是在一家大证券公司上班的职员，母亲是普通的家庭主妇。父亲在战时还在当学徒就被征兵派到新加坡，战争结束后还暂时被留在那边的收容所。母亲的家在战争的最后一年，受到 B-29 的轰炸，全部烧光。他们都属于饱受长期战争伤害的一代。

不过在我出生的那个年头，所谓战争的余波之类的东西，几乎已经完全不存在了。我们家附近既没有烧毁的遗迹，也看不见占领军的影子。我们就在那样的和平小镇上，住在父亲公司所提供的公司宿舍里。虽然是战前建的房子，多少有点旧了，但宽阔倒是挺宽阔的。庭院里长有高大的松树，甚至还有小水池和石灯笼。

我们住的小镇，完全是典型大都市郊区中产阶级的住宅区。住在那里期间所交往的一些比较亲近的同班同学，大家也都住在算起来蛮

国境之南，太阳之西

雅致的独院住宅里。虽然大小有些差距，但都有玄关，有庭院，庭院里种有树木。朋友的父亲，大多不是在公司上班，就是拥有专门职业的。母亲也在工作的家庭非常少。大部分的家里都养有狗或猫。那个时候我所认识的人里面，没有一个是住公寓或大厦的。我后来搬到附近别的镇上去，不过那里大体上也是同样性质的地方。所以我一直到上大学去东京之前，都深深以为一般人都是打着领带去公司上班，住在有院子的独栋房子里，养有狗或猫的。除此之外的生活是什么样子，对我来说实在无法想象，至少一点实体感都没有。

　　一般的家庭总有两个或三个小孩。那是我所居住的世界里，平均的儿女人数。我试着回想从少年时代到青春期所交的几个朋友的脸，他们也没有一个例外，简直就像盖章出来似的，不是两兄弟，就是三兄弟中的一个。他们不是两个兄弟姊妹之一，就是三个兄弟姊妹之一。不是三个兄弟姊妹之一，就是两个兄弟姊妹之一。有六个或七个孩子的家庭固然稀奇，但只有一个孩子的家庭就更稀奇了。

　　然而我却没有任何一个所谓的兄弟姊妹，我是独生子。而且少年时代我好像一直为了这件事感到有点类似自卑。觉得自己在这个世界上可以说是一个特殊的存在，别人理所当然地拥有的东西，我都没有。

　　小时候，我对于"独生子"这字眼简直讨厌极了。每次耳朵听到这字眼，就重新被唤醒自己是缺少了什么的。这字眼总是笔直地指着我说：你是不完全的。

所谓独生子，就是被父母宠坏的、虚弱的、任性得可怕。这在我所居住的世界里是不可动摇的定律。被视为和爬到愈高的山上，气压会降得愈低，母牛可以挤出大量的奶一样，是大自然的真理。所以我最讨厌被人家问到有几个兄弟姊妹。一听说没有兄弟姊妹，人家就会反射性地这样想：这家伙是独生子，所以一定是被父母宠坏的、虚弱的、任性得可怕的孩子。人们这种一成不变的反应，使我相当厌烦，也给了我不小的伤害。不过对于少年时代的我，真正令我厌烦让我受伤的，是他们所说的竟然完全是事实的这一点。不错，事实上，我就是被宠坏的、虚弱的、任性得可怕的少年。

在我所上的学校里，没有兄弟姊妹的孩子真的非常稀少。小学六年之间，我所遇到的没有兄弟姊妹的孩子，只有一个。所以我非常记得她（对，那是一个女孩子）。我跟她变成好朋友，两个人谈了很多话。或许也可以说心是互通的，而且我甚至对她怀有爱意。

她姓岛本，也是一个独生女。而且生下不久就得了小儿麻痹，因此左脚有一点跛。除此之外她还是个转学生（岛本转到我们班上来，是在五年级快结束的时候）。所以她也可以说是背负着我根本难以相提并论的沉重的精神包袱。不过，或许正因为她背负着更大更沉重的包袱，所以是比我更坚强、更具有自觉性的独生女。她对任何人都从不示弱。不只是嘴巴不说，脸上也从不显露。即使有什么讨厌的事情，她也总是面带微笑。我甚至觉得，她好像越是遇到讨厌的事情，越会露出微笑。那是非常美的微笑。那微笑有时候对我是一种安慰，

国境之南，太阳之西

有时候对我是一种鼓励。"没关系"，她的微笑看起来好像在说"没关系，只要忍耐一下就过去了"。就因为这样，后来我每次想起岛本的脸时，就会想起那微笑。

岛本在学校不但成绩好，而且对每个人都一概公平亲切。因此她在班上经常是令人刮目相看的存在。在这层意义上，她虽然同样是独生女，却和我相当不一样。不过她是不是因此就无条件地得到同学们的喜爱呢？那倒也是个疑问。虽然大家并没有苛责她或嘲弄她，但她除了我之外，还是没有一个称得上是朋友的对象。

或许她对他们过于冷静而自觉了。让其中有些人把这当成冷漠和骄傲吧。不过我却可以从那样的外表之下，感觉到深处所隐藏的温柔和容易受伤的某种东西。那就像在玩捉迷藏的小孩一样，虽然身体躲在看不见的地方，却希望最后终能被人发现一样。我从她的话语和表情之中，就曾经偶然发现这样的影子。

听说岛本因为父亲工作上的关系，曾经转学了好几次。她父亲到底从事什么方面的工作，我已经记不清楚了。虽然她曾经对我详细说过一次，但正如周围大多数的孩子一样，我对别人父亲的职业几乎没有什么兴趣。记得好像是跟银行、税务机关或公司重组法之类有关的某种专门职业吧。她搬过来住的房子，虽然说也是公司的宿舍，但却属于相当大的洋房，屋子四周围了一圈高到腰部的气派石墙。石墙上还种植着常绿树篱，从这绿篱的一些间隙，可以看见庭院的草坪。

她是个身材高大、五官清楚的女孩子。身高几乎和我一样。过了几年之后，她果然长成非常引人注目的大美人。不过在我最初遇见她的时候，岛本的外貌还没有长得和她的资质相一致。那时候的她，还有某些地方不太均衡，因此使得很多人以为她的容貌并不是很有魅力。或许那是因为她身上相当于大人的部分，和她身上希望继续保持小孩的部分，无法巧妙联动的关系吧。而这类的不均衡，有时候或许会带给人不安的感觉。

因为两家住得近的关系（她家和我家说起来真的就像鼻子对着眼睛一样近），在教室里，她第一个月就被排在我旁边的位子。我把有关学校生活的一切细节都一一教给她。有关教材的事、每周考试的事、每一种科目必需的道具、教科书的进度、扫除和午餐的轮值之类的事。住得最近的学生要负责照顾转学生刚开始的生活，这是学校的基本方针，尤其她的脚不好，所以老师还私下把我叫去，说刚开始这段时间，要好好地照顾岛本。

正如一般初次见面的十一岁或十二岁的异性孩子那样，刚开始的几天，我们之间的对话非常别扭而不顺畅。不过当我们知道了彼此都是独生子女之后，对话就急速变得生动活泼而亲密起来。对她来说和对我来说，遇见自己以外的独生子女，这都还是第一次。所以我们相当热心地针对身为一个独生子女是怎么一回事，开始讨论起来。我们对这一点有好多想说的事。虽然不能说是每一天，不过我们只要一碰面，就会两个人一起从学校走回家。而且一面慢慢走在一公里多一点的路上（因为她的脚不好，所以只能慢慢走），一面谈很多事。一谈起来，才发现我们之间竟然有很多共通点。我们都喜欢读书，喜欢听音乐，非常喜欢猫，不擅于向别人说明自己的感觉。没办法吃的食物名单可以列出一长条。读自己喜欢的科目一点也不觉得辛苦，可是读讨厌的科目简直痛苦死了。如果说我和她之间有什么不同的话，那就是她会比我更警觉地努力保护自己。她对不喜欢的科目也用功地学习并得到相当好的成绩，而我却不。学校的营养午餐之中有什么讨厌的食物出现时，她也能忍耐着全部吃完，我就不行。换句话说，她在自己周围筑起来的防御壁垒比我的高得多、坚固得多。但是那壁垒里面所有的东西，则相似得令人吃惊。

我很快就适应跟她两个人单独在一起。那完全是一种新的体验。我跟她在一起的时候，也不会像跟其他女孩子在一起的时候那样局促不安。我喜欢跟她一起走路回家。岛本好像轻轻拖着左脚一般地走。中途偶尔也会在公园的长椅上坐下来休息一下。可是我从来也不觉得这样很麻烦，反而觉得能够多花一点时间是很快乐的。

我们就这样经常有很多时间是两个人在一起度过的，可是并不记得周围有什么人取笑过这件事。当时并没有人去注意这个，但现在回想起来觉得有点不可思议。因为那个年龄的孩子，通常都会取笑或起哄比较要好的男女生。我想那也许是因为岛本的为人吧。她身上好像具有某种能够唤起周围的人轻微紧张感的东西。也就是说，她具有"对这个人不要说什么无聊话"之类的气质。连老师看起来对她都好像有时候会很紧张。或许她的脚不好跟这个也有关系吧。不管怎么样，反正大家好像觉得不太适合取笑岛本。结果这对我倒是值得庆幸的事。

岛本因为脚不好，所以体育课几乎都没上。郊游和登山的日子她没来学校。夏天的游泳夏令营之类的，她也没来。运动会的日子她看起来好像多少有点不舒服。不过除了这些时候之外，她倒也过着极普通的小学生生活。她几乎从来不拿自己的脚不好当作话题。在我记忆所及的范围里，好像一次也没有过。和我一起放学回家时，也绝口不提"对不起走得很慢"之类的话，脸上也没有露出这意思。不过我很了解，她是在意自己的脚的。正因为在意，所以故意不去触及。她不太喜欢到别人家去玩，因为那样必须在玄关脱鞋子。她的鞋子左右两边的形状和鞋底的厚度有一点不一样，她不喜欢让别人看见。我想那是特别定做的鞋子。我第一次注意到，是在看见她一回到自己家，就立刻很快地把鞋子收进鞋柜里的时候。

岛本家的客厅里，设有新型的音响组合，我常常为了听那音响而到她家去玩。那是一套相当豪华的音响组合。其实她父亲收藏的唱片，比起那套音响来并不算很多，LP唱片的数目我想顶多只有十五张左右。而且大多是适合入门的人听的轻古典音乐。不过我们总是一再反复地听着那十五张唱片。所以一直到现在，我对那些音乐的每一段细节都还能记得一清二楚。

操作唱片是由岛本负责的。她从唱片套中取出唱片，小心注意着

国境之南，太阳之西

手指不要碰到沟纹，双手捧着放在转盘上，用小刷子把针头的灰尘拂去，再慢慢把唱针放到唱片上。唱片放完之后，先喷上除尘剂，再用软布擦。然后把唱片放进唱片套，再放回柜子里原来放的地方。她把父亲教给她的这一连串的动作，以极端认真的表情一一实行。眼睛眯细着，连呼吸都放轻了。我每次都坐在沙发上，一直盯着她那样的姿势。把唱片放回柜子里之后，岛本才好不容易转向我这边，一如往常地微微一笑。每次这样的时候我都会想，她所处理着的不只是唱片而已，而是好像装在玻璃瓶里的某个人的脆弱的灵魂之类的东西吧？

我家里既没有唱机，也没有唱片。我的父母亲并不属于特别热心听音乐的那一型。所以我总是躲在自己的房间，守着一个小型塑胶 AM 收音机听音乐。平常我都是听收音机里摇滚乐之类的音乐。不过在岛本家听到轻古典音乐之后，我也立刻就喜欢上了。那是"另一个世界"的音乐，我之所以会被吸引，我想或许是因为岛本是属于那"另一个世界"的关系吧。每星期有一次或两次，我和她坐在沙发上，一面喝着她母亲端出来的红茶，一面听着罗西尼的序曲集或贝多芬的田园交响曲，或《培尔·金特》，一面度过下午的时间。她母亲很欢迎我到他们家玩。我想她很高兴刚刚转学过来的女儿能交上新朋友，而且我很乖，总是穿戴整齐，也让她满意吧。其实说真的，我没办法喜欢她母亲，并没有发生过什么具体让我讨厌的事，她对我也总是很亲切。但从她说话的方式里，我曾经感觉出一点点焦躁的地方，有时候那使我觉得不安。

她父亲收藏的唱片之中，我最喜欢的是李斯特的钢琴协奏曲。第一面是一号曲，第二面是二号曲。我喜欢那张唱片有两个原因，一个是那张唱片的封套非常美丽，另一个是我周围的人没有一个听过李斯特的钢琴协奏曲——当然岛本例外。那真是令我觉得心都要怦怦跳似的。我知道别人所不知道的世界，那就好像只有我才被容许进入的秘密花园一样。对我来说，听李斯特的钢琴协奏曲，无异于将自己推向人生的另一个阶段。

而且，那又是非常美好的音乐。刚开始的时候，那音乐在我的耳朵里听起来，好像是很夸张、很具有技巧性、说起来有点漫无边际似的音乐。不过听过很多遍之后，觉得好像模糊的印象逐渐具体成形起来，那音乐在我的意识之中慢慢开始变得井然有序。闭上眼睛安静集中意识时，在那音乐的声响之中，可以看见几个漩涡正在形成。一个漩涡形成之后，又从那个漩涡中产生另外一个漩涡。而那个漩涡又和另外一个漩涡相连接。当然那些漩涡，是现在想起来的，拥有一种观念性的抽象性质。我很想把那样的漩涡的存在，设法传达给岛本。可是那却不属于以日常使用的语言所能向别人说明的那类东西。若要正确表现它，则需要用另一种不一样的语言，只是那时候的我还不知道那样的语言。而且我也不知道我所感觉到的那种事情，是不是具有开口向别人传达的价值。

很遗憾我已经忘记演奏李斯特协奏曲的那个钢琴家的名字。我所记得的只有那色彩鲜艳的封套和唱片的重量感。唱片沉甸甸的重量和厚度，几近于神秘的程度。

除了古典音乐之外，岛本家的唱片柜里，还夹杂着有纳京高和平·克劳斯贝的唱片。那两张唱片我们也真是常常听。平·克劳斯贝那张是圣诞音乐的唱片，可是我们却不管季节地听着。听了那么多遍，竟然也不会厌倦，现在想起来都觉得不可思议。

十二月快接近圣诞节的某一天，我和岛本两个人在她家的客厅里。我们和平常一样坐在沙发上听着唱片。她母亲有事外出了，家里除了我们之外没有别人。那是一个阴沉沉的冬天的下午。太阳光好不容易穿过厚重深垂的云层透进来的片刻之间，细微的灰尘看起来好像是被削落下来似的。映在眼睛里的一切都变得钝钝的，失去了动感。时刻已经接近黄昏，屋子里像夜晚一般完全昏暗下来，我想是没开电灯，只有壁炉里的瓦斯火，朦胧地照红着屋里的墙壁。纳京高正唱着《Pretend》。我们当然完全无法理解英文歌词的意思。那对我们来说只像是咒语一样的东西。不过我们却是喜欢那歌的，而且因为实在反复听过太多次了，因此开头的部分都可以学着唱了。

    Pretend you are happy when you are blue.
    It isn't very hard to do.

现在当然懂得那意思了。"当你忧伤的时候假装你很快乐，那并不是很难的事。"简直就像她经常挂在脸上的迷人微笑一样。确实那是一种想法。不过有时候，那却是非常难做到的。

岛本穿着圆领的蓝色毛衣。她有好几件蓝色毛衣。大概是喜欢蓝色的毛衣吧。或者因为蓝色毛衣和平常在学校穿的深蓝色外套比较好搭配也说不定。领口的地方翻出白衬衫的领子。还穿着格子裙和白色的棉袜子。质地柔软而贴身的毛衣，向我显示出她那微微隆起的胸部。她把两只脚缩到沙发上，好像折进腿下一样地坐着。而且一只手肘搭在沙发靠背上，以好像在望着远方风景一般的眼神听着音乐。

"嗨！"她说，"人家说只有一个孩子的父母亲感情不太好，你觉得是真的吗？"

对这件事我想了一会儿。不过我不太能够理解其中的因果关系。

"你在什么地方听到这样的说法？"

"有人这样跟我说。很久以前。说是因为父母亲感情不好，所以只能生一个孩子。我听到这话的时候，好伤心喏。"

"哦？"我说。

"你家里妈妈和爸爸感情好吗？"

我没办法立刻回答，我想都没想过。

"我们家的情况，是我母亲的身体不太强壮，"我说，"我也不太清楚，不过听说生小孩对身体的负担太大了，所以不行。"

"你有没有想过如果自己有兄弟姊妹会怎么样？"

"没有。"

"为什么？为什么没想呢？"

我拿起桌上的唱片套来看。可是要读那上面印刷的字，屋里实在太暗了。我又把唱片套放回桌上，用手背揉了几次眼睛。我以前，也曾经被母亲问过几次同样的问题。而那时候我的回答既没让母亲高兴，也没让她悲伤。母亲听了我的回答，只是满脸的不可思议而已。可是那，至少对我自己来说，是极为正直而诚实的回答。

我的回答非常长。而我却没办法很有要领地准确表达出来。不过我想要说的，总而言之是指"现在在这里的我，是在一直都没有兄弟姊妹的情况下长大的我，如果有兄弟姊妹的话，我就应该会长成和现在不一样的我，所以现在在这里的我，去想如果我有兄弟姊妹的话会怎样，我觉得是违反自然的"。所以我觉得母亲的那个问题好像并没有什么意义。

我对岛本的回答也和那时候一样。我一这样说完，她就一直盯着我的脸看。她的表情里，有某种吸引人心的东西。在那里面——这当然是事后回想起来所感觉到的——好像有一种温柔地将人的心的薄皮一层一层慢慢剥下似的，那种官能性的东西。那随着表情的变化，形状也微细地改变的薄唇，和瞳孔深处一闪一闪若隐若现的微弱光芒，一直到现在我还记得很清楚。那光芒，令我想起狭长的黑暗房间的深处，正在摇晃着的小蜡烛的火焰。

"你所说的，我好像有点懂。"她以大人气的安静声音说。

"真的？"

"嗯，"岛本说，"我觉得世界上有可以挽回的事和不能挽回的事。

而时间的流逝，就是一件不可挽回的事。已经来到这里了，就不可能回到过去。你说是吗？"

我点点头。

"经过一段时间之后，很多事物都会凝固硬化。就像水泥在桶子里凝固硬化一样。而且这么一来，我们就没办法回到过去恢复原形了。换句话说，你想说的是，所谓'你'的这块水泥，已经完全凝固硬化，所以没有所谓除了现在的你之外的你了，对吗？"

"我想大概是这样吧。"我以不确定的声音说。

岛本凝视了一会儿自己的手。"我有时候会想自己长大以后结婚的事。然后接着也会想到住什么样的房子、做什么样的事情，然后该生几个小孩之类的。"

"哦？"我说。

"你不会想吗？"

我摇摇头。十二岁的少年没有理由想这样的事。"那么你想要几个小孩呢？"

她把一直搭在沙发靠背的手，移放到膝头的裙子上。那手指慢慢地顺着裙子的格子纹路触摸，我出神地望着她那动作，那里面有某种神秘的东西。看起来好像从她的手指尖生出透明的细线，而那细线仿佛在纺出新的时间似的。一闭上眼睛，就可以看见从那黑暗中浮出漩涡，产生好几个漩涡，然后又无声地消失。纳京高唱着《国境之南》的歌声听来好像是从远方传来似的。当然纳京高唱的是关于墨西哥的

13

歌。不过，当时我并不知道。只觉得"国境之南"这字眼里含有某种不可思议的声响。每次一听到这首曲子，我就会想，国境之南到底有什么呢？张开眼睛时，岛本的手指还在裙子上移动着。我感觉到身体深处轻微甘美的疼痛。

"虽然很不可思议，"她说，"可是不知道为什么，我只能够想象一个孩子的情形。自己有孩子，这多少可以想象。我是母亲，而我有小孩这件事。但那小孩有兄弟姊妹这回事我却不太能够想象。那个小孩是没有兄弟姊妹的，是独生子女呢。"

她确实是个早熟的少女，确实对我怀有异性的好感。我对她也同样怀有异性的好感。可是我不知道应该如何处理这样的事。我想岛本大概也不知道吧。只有一次她握过我的手。当她带我去一个地方时，她说："快点到这边来呀！"于是牵住我的手。我们互相牵着手的全部时间，虽然只有十秒钟的程度，但那对我来说，感觉却好像有三十分钟。然后她把那手放掉的时候，我真希望她能就那样一直握着，握得更久一点。我知道，她虽然好像是很自然地牵起我的手，但其实是想要试着握握我的手的。

那时候她的手的触感，我现在都还记得清清楚楚。那和我所知道的其他任何东西的触感都不一样。而且和我后来所知道的任何东西的触感也不一样。那是十二岁少女单纯的温暖的小手。不过那五根手指和手掌之间，简直就像样品展示柜一样，整个塞满了当时的我想要知道的各种事情和不得不知道的各种事情，她借着牵我的手，把这些都告诉了我。那样的地方确实存在于这个真实的世界里。我在那十秒钟左右的时间里，感觉到自己好像变成一只完美的小鸟。我能够飞上天空，感觉到风，可以从高空看见远方的风景。因为实在太远了，没办法看清楚那边有什么。但我可以感觉到就在那里。或许总有一天我会去那里，这件事使我感觉呼吸困难，心中震撼。

　　回到家之后，我坐在自己房间的书桌前，长时间一直注视着被岛本握过的那只手。我非常高兴岛本握过我的手。那种温柔的触感一连好几天都温暖着我的心。不过就在那同时，我也感觉到混乱、迷惑和悲伤。我不知道到底应该如何处置那温柔，到底该把它带到什么地方去才好。

　　小学毕业之后，我和她分别进了不同的中学。由于各种原因，我们离开了原来住的房子，搬到别的镇上去。虽说是不同的镇，但只有两站电车的距离，因此后来我还到她家去玩过几次。我想搬家之后的三个月里大约去了三次或四次吧。可是只有这样而已。后来我终于不再去看她了。那时候的我，正开始要度过非常微妙的年龄。上不同的中学，又隔了两站的距离，觉得我们的世界好像完全变了一样。朋友不同了，制服不同了，教科书也不同了。我自己的体型、声音、对很多事情的感觉方式，都继续在急速变化中，过去存在于我和岛本之间的亲密空气，似乎也跟着渐渐变得不自在了。因为我觉得她在肉体上和精神上似乎都比我变化更大。而那使我觉得不太舒服。此外我觉得她母亲好像逐渐开始以异样的眼光看我。"为什么这孩子还一直到我们家来玩呢？已经不住在附近，学校也不一样了啊。"或许我想得太多了。不过总而言之，我变得没办法不在意她母亲的视线。

于是我的脚步逐渐远离岛本家，不久之后就停止再去看她了。不过那恐怕是错了。（我只能够用"恐怕"这字眼。毕竟要检视所谓过去这庞大的记忆，要决定其中哪些是正确的、哪些是错误的并不是我的任务。）我在那之后还是应该和岛本密切地结合在一起才对。我需要她，她也可能需要我。不过我的自我意识太强，太害怕受伤害。因此，从此以后，有很长的一段时间，我一次也没和她碰面。

我没和岛本见面之后，却还一直继续在怀念着她。经过青春期这充满混乱的难过时期，我很多次都为这温暖的记忆所鼓励、所抚慰。而且觉得长久之间，我好像在心中为她保留着一个特别的部分。就像在餐厅最里面的安静席位上，悄悄摆上一块"已预约"的牌子一样，我只有那个部分是专门为她保留着的。即使我觉得可能再也不会和岛本见面了也一样。

和她见面的那时候，我才十二岁，还没有所谓准确意义上的性欲。虽然对她隆起的胸部、她裙子下面所有的东西似乎抱有模糊的兴趣，但并不知道那具体有什么含意，也不知道那会具体地把我引导到什么地点去。我只是静静地倾听，闭上眼睛，想象那地方应该会有什么而已。那当然是不完全的风景。在那里的一切事物都像被一层霞光笼罩着一样朦胧，轮廓模糊不清。不过我可以感觉到，在那风景之中，潜藏着某种对自己非常重要的东西。而且我知道，岛本也和我一样看见了同样的风景。

我想或许我们自己都是不完全的存在。为了填埋这不完全，我们彼此都觉得在我们前面，有什么新的后天的东西将会来临。于是我们就在那新的门口前站定。在模糊幽暗的光线下，只有两个人，仅仅十秒之间互相紧紧握住对方的手。

2

　　高中时代，我变成到处都有的普通的十几岁少年。那是我人生的第二阶段——变成普通的人，那对我来说是进化的一个过程。我舍弃了特殊，变成一个普通的人。当然如果观察入微的人入微观察的话，应该很容易看出我也是一个抱有相当多烦恼的少年。不过毕竟，这个世界上恐怕没有一个十六岁的少年不是抱着相当多烦恼的吧？在这层意义上，我接近世界的同时，世界也接近了我。

　　总而言之，十六岁时的我，已经不再是过去那个虚弱的独生子。进了中学之后，由于一个偶然的机缘，我开始参加家附近的游泳班。在那里我学会了标准的自由式，每星期两次我一定去游几个来回。因此我的肩膀和胸部突然间强壮起来，肌肉绷得紧紧的。我已经不再是从前那个动不动就发烧、卧病在床的孩子了。我经常赤裸地站在浴室的镜子前面，花很长时间仔细检视自己的身体。我非常清楚自己的身体正出乎意料地急剧变化。我为那样的变化感到高兴。并不是高兴自己逐渐接近成人。与其说对成长本身，不如说对自己这个人的面貌变化感到高兴。自己不再是从前的自己，这件事使我觉得很开心。

我常常读书、听音乐。虽然本来就喜欢读书、听音乐，不过这两种习惯，都因为和岛本交往而大为促进，变得洗练。我开始常跑图书馆，把里面的书从一头读到另一头。一旦开始读起来，中途都欲罢不能。那对我来说好像是麻药一样的东西。一面吃饭一面读，在电车里读，在床上读到半夜，上课的时候也藏着读。不久之后，我有了一套自己的小音响，只要一有时间就窝在房间里听爵士唱片。但是几乎没有欲望把我那种读书和听音乐的体验与别人谈论。我就是我自己，不是其他任何人，这反而使我感到安逸、满足。在这层意义上，我是一个极端孤独而傲慢的少年。需要团体一起玩的运动我无论如何就是没办法喜欢。也讨厌和别人比分数的竞技。我喜欢的，只是一个人默默地继续游泳。

虽然这么说，但我并不是彻头彻尾孤独的。我在学校虽然人数不多，但也有几个好朋友。说真的，我对学校这东西从来没有喜欢过。我觉得他们总是要把我压倒挤碎似的，对这个我不得不总是提高警觉，准备招架。如果没有这些朋友的话，我在度过十几岁这不安定的岁月期间，一定会背负更深的伤痛吧。

而且因为开始运动的关系，我不能吃的食物名单，比以前短多了。跟女孩子讲话时，也比较不会无缘无故脸红起来。就算有人偶然知道我是独生子，好像也不会大惊小怪了。我，至少从外表看起来，似乎已经摆脱了独生子这个咒缚了。

而且我交了女朋友。

她并不是怎么漂亮的女孩。也就是说她并不属于让母亲看到班上同学的照片时,会叹一口气,说"这孩子叫什么名字?蛮漂亮的啊"那一型的。不过我从第一次见到她的时候开始,就觉得她很可爱。虽然光从照片看不出来,但实际上的她,却好像有一种自然能够吸引人心的朴实的温暖。她确实不是那种足以到处向人炫耀的美人。不过想一想我自己,也没有什么特别值得向别人炫耀的优点。

我高二时跟她分到同一班,约会过几次。刚开始是两对一起约会,后来才只有两个人约会。很奇怪,跟她在一起我就会觉得心情很放松。我在她面前可以很轻松地谈话,她每次都好像很高兴而且很有兴趣似的听我说话。其实我并没有说什么不得了的事,可是她却以好像发现整个世界都改变了似的表情,热心地听我说着。女孩子能够热心听我说话,这是自从不再和岛本见面之后的第一次。而且同时,我也想知道有关她的一切。不管多么细微的事情也好。她每天吃什么?在什么样的房子里生活?从她家窗户看出去可以看见什么样的景色?

她的名字叫作泉。很棒的名字,第一次见面谈话的时候,我这样对她说。好像如果把斧头丢进去妖精会出来似的。我这样说完,她就笑了。她有一个小三岁的妹妹和小五岁的弟弟。父亲是牙医,住的也是独栋独院的房子,养了狗。狗是德国牧羊犬,名字叫卡尔。真是难以相信,这名字是从卡尔·马克思而来的。她父亲是日本共产党员。

当然世界上也有很多共产党员牙医。全部集合起来或许可以坐满四五辆大巴士吧。不过我的女朋友的父亲居然是其中的一个，这事实让我觉得有点不可思议。她的父母相当迷网球，每星期一到星期天就拿着球拍去打网球。迷网球的共产党员好像也不能不说有一点奇怪。不过泉似乎并没有特别在意这件事。她虽然对日本共产党丝毫不感兴趣，但她喜欢父母亲，也常常一起去打网球。而且也劝我打网球，不过很遗憾，我就是没办法喜欢网球这种运动。

她很羡慕我是个独生子。她不太喜欢自己的弟弟和妹妹。她说，他们粗心大意，简直是拿他们没办法的傻瓜。如果没有他们的话，不知道有多清静。没有兄弟姊妹简直太棒了嘛，我经常希望自己是独生子女呢。这样的话，就可以不被打搅地做自己爱做的事，过自己爱过的生活。

第三次约会，我吻了她。那天她到我家来玩。我母亲后来说要去买东西就出去了。家里只有我和泉在。我把脸靠近，把嘴唇重叠在她的嘴唇上时，她闭着眼睛什么也没说。虽然我事先准备了大约一打的借口，万一她生气了，或把脸别开的话要用的，不过结果并没有必要用。我让嘴唇重叠着，把手臂绕到她背后把她抱得更近一些。因为那是在夏天的结尾，她穿着印度纱的连衣裙，腰后绑着带子，就像尾巴似的垂在后面。我的手掌碰到她背后胸罩的金属绊扣。我感觉到她的气息呼在我脖子上。我的心脏好像就要跳出体外了似的怦怦地跳着。我那硬得快要胀破似的阴茎顶着她的大腿，她把身体稍微错开。不过

国境之南，太阳之西

只有这样。她对那件事好像并不觉得怎么不自然或不愉快。

我们在我家客厅的沙发上，就那样互相紧紧抱着。猫坐在沙发对面的椅子上，当我们拥抱的时候，猫只抬起眼睛看了一下我们这边，一声不响地伸了一下懒腰，就那样睡起觉来。我摸摸她的头发，亲了一下那小小的耳朵，想想好像应该说点什么才好，可是却想不到任何所谓的语言。而且即使想说，我也处于连吸气都有点困难的状况。然后我拉起她的手，再吻一次她的嘴唇。很长的时间里她一直没说话，我也什么都没说。

送泉到电车站搭车回家后，我情绪变得非常不安稳。我回到家，躺在沙发上一直盯着天花板。我什么都没办法想。母亲终于回来了。她说马上就要准备做晚饭了。不过我简直没有任何食欲。我什么也没说。穿上鞋子，走到外面，就那样在街上漫无目的地逛了两个小时。心情好奇怪。虽然我已经不孤独了，可是同时也感到前所未有的深切孤独。简直就像有生以来第一次戴上眼镜时那样，没办法切实掌握东西的远近感。很远的东西看起来像伸手可及似的，应该不鲜明的东西看起来却又很鲜明。

她临走的时候对我说："我非常高兴，谢谢你。"当然我也很高兴。女孩子竟然能让我亲吻，几乎是难以相信的事。没有理由不高兴。只是我却没办法真正释怀地拥有所谓的幸福感。我好像丧失基础的高塔一样，越是想从高处眺望远方，我的心越开始咔啦咔啦地激烈摇晃起来。我试着问自己，为什么是她呢？我对她到底知道多少？我

22

跟她只不过见了几次面,浅谈过一些话而已。这样一想,我变得非常不安起来,觉得坐着也不是,站着也不是了。

我忽然想如果我所拥抱亲吻的对象是岛本的话,现在应该不会像这样迷惑吧。我们会在无言之中很自然地接受彼此的一切。而且那其中应该不会存在丝毫类似不安或迷惑的东西。

可是岛本已经不在这里,我想。她现在正在她自己的新世界里。正如我在我自己的新世界里一样。所以不能把泉和岛本拿来互相比较。就算这样做,也没有任何用处。这里已经是新的世界,背后那扇通往过去曾经存在的世界的门,已经被关上了。我在这包围着新的我的世界里,不得不想办法确立自己。

一直到天空的东边有点泛白,我还没有睡觉。后来才上床睡了两小时左右,起来冲个澡去上学。我想在学校找她讲话。昨天我们之间发生的事,我想再确认一次。看她是不是还和那时候一样的心情,我想听她亲口说清楚。她最后确实跟我说:"我非常高兴,谢谢你。"可是天一亮,又觉得那些事情好像都是我自己任意在脑子里制造出来的幻觉似的。然而在学校始终没有找到和泉单独谈话的机会。休息时间她一直和要好的女朋友在一起,放学后又一个人很快就回家了。只有一次换教室上课时在走廊,她跟我眼光相遇。她迅速地对我微笑,我也回她一个微笑。只有这样而已。不过我在那微笑之中,却能感觉到昨天所发生的事好像已经可以确认了。她的微笑好像在说:"没问题哟,昨天的事是真的。"搭电车回家的时候,我的迷惑几乎已经消失

国境之南，太阳之西

了，我确实需要她，那比昨天夜里的疑虑和迷惑更健康、更强烈。

我所追求的东西其实很明确。首先要让泉裸体，脱掉她的衣服，然后和她性交。那对我来说，是太遥远的路程了。所谓事情，是要由一件一件具体形象分阶段累积起来向前推进的。要能到达性交，人必须从拉下连衣裙的拉链着手。而且性交和连衣裙的拉链之间，或许应该有二十到三十个微妙的决断或判断的必要过程存在吧。

首先我第一件要做的事，是弄到保险套。尽管要到达实际需要的阶段还有相当一大段路程，但我想总不能不预先准备好，因为谁也不知道什么时候会需要用到它。可是要上药房买保险套却免谈。我怎么看都只不过是个高中二年级学生，实在没有那个勇气。街上虽然有几部自动贩卖机，可是如果正在买那种东西的时候被人家看见了，也会很麻烦。有三四天时间，我一直都在为那件事情烦恼。

不过结果事情却意外简单地解决了。我有一个朋友对这方面的事好像比较清楚。我试着鼓起勇气跟他商量。我说我想弄个保险套，应该怎么做最好。那简单哪，你要的话我可以给你一盒，他若无其事地说。我哥哥好像通过邮购还是别的什么方式买了一大堆，不太清楚为什么要买那么多，不过壁橱里多得是，就算少了一盒他也不会知道，他说。那真要感谢了，我说。于是第二天，他把装在纸袋里的保险套带到学校给我。我请他吃中饭，而且请他绝对保密这件事情。他说知道啦，这种事情我不会跟别人说。不过他当然没有保密。他跟好几个人说我需要保险套。这几个人又向另外的几个人说。于是泉也从一个

24

女同学那里听到了。放学后她把我叫到学校的屋顶上去。

"喂！阿始，听说你从西田那里得到了保险套啊？"她说。"保险套"这字眼发音好像非常困难似的。她说到"保险套"时，听起来就好像是会带来极严重疾病的不道德霉菌似的。

"啊，嗯。"我说。然后寻找着适当的句子。可是适当的句子却一个也找不到。"我没有什么特别的意思，只是从以前开始就觉得好像有那么一个会比较好一点吧。"

"你是为了我而准备的吗？"

"也不是特别这样子啊，"我说，"只是觉得有一点好奇，不知道那到底是什么而已。不过如果这件事让你觉得不高兴的话，那我道歉好了。还给他也可以。丢掉也可以。"

我们在屋顶角落一张石头小长椅上并排坐下。因为天气好像快要下雨的样子，所以屋顶除了我们以外一个人也没有。四周真的是静悄悄的，屋顶居然这样安静，我还是第一次觉得。

学校在山上，从屋顶可以一望无际地眺望整个市镇和海。我们有一次从广播室里偷了十几张旧唱片，从屋顶上像飞盘一样丢出去。那些唱片画出优美的抛物线在空中飞行。乘着风，仿佛获得了片刻的生命一般，幸福地飞往海港的方向去。不过其中有一片没有搭好风势，就飘飘忽忽笨笨地落到网球场上，把在那里练习挥拍姿势的一年级女生们吓了一跳，后来引起相当大的问题。那是一年多以前发生的事，而现在我却在同一个地点，被女朋友逼问保险套的事。抬头看看天空，看见鸢正慢慢地画着一个漂亮的圆。我想象做一只鸢一定很棒。它们只要在空中飞就行了。至少不必为避孕的事伤脑筋。

"你真的喜欢我吗？"她以平静的声音问我。

"当然啦，"我回答，"当然喜欢你。"

她嘴唇闭成一直线，就那样从正面看着我的脸，一直盯着看好久，看得我都不自在起来。

"我也喜欢你哟。"过一会儿之后她说。

我想她要说可是。

"可是，"她果然接着说，"不要急。"

我点点头。

"不要太性急。我有我的步调噢。我不是那种灵巧的人，对很多事情我都需要花时间去准备。你能不能等？"

我又再点了一次头。

"你可以跟我明确地约定吗？"她说。

"我跟你约定。"

"你不会伤害我？"

"不会。"我说。

泉低下头看着自己的鞋子。那是普通的轻便皮鞋。跟我的皮鞋比起来，小得像玩具一样。

"好可怕噢，"她说，"最近我常常觉得自己好像变成一只没有壳的蜗牛一样。"

"我也觉得好可怕，"我说，"我常常觉得自己好像变成一只没有蹼的青蛙一样。"

她抬起头看我的脸，而且只稍稍笑了一下。

然后我们不约而同地走到建筑物的阴影下，拥抱着亲吻。我们是失去壳的蜗牛，是失去蹼的青蛙。我抱紧她，让她的胸部紧紧贴近我的胸部。我的舌头和她的舌头轻轻接触。我的手从衬衫上触摸她的乳房。而她并没有抵抗。她只安静地闭上眼睛叹了一口气而已。虽然她的乳房并不怎么大，但包在我手掌中却非常亲密贴切。简直就像一开始就为这而生似的。她把手掌贴在我的心脏上。那手掌的触感仿佛和我胸部的鼓动完全密合。她和岛本当然不一样，我想。这个女孩无法给我和岛本给我的一样的东西。不过她却这样属于我，而且想要给我她能够给的东西。我有什么理由非要伤害她不可呢？

不过那时候的我却不知道，自己可能会在什么时候、对什么人，造成不可挽回的深深伤害。人类在某些情况下，只要这个人存在，就足以对某人造成伤害。

3

　　我和泉从此以后继续交往了一年以上。我们一星期约会一次。去看看电影，到图书馆一起做功课，或没有什么特定目的地到处逛逛。不过我和她在性关系上并没有走到最后阶段。偶尔父母亲外出不在的时候，我会叫她到家里来，然后我们在床上拥抱。这种情形我想一个月大概有两次左右。不过即使家里面只有我俩在的时候，她也绝不脱衣服。她说不知道什么时候谁会回来，那时候如果没穿衣服一定很麻烦。在这方面她很用心。我想她并不是胆小，只是个性上不能忍受自己被逼到任何窘迫难堪的状况。

　　因此我总是不得不隔着衣服拥抱她，手伸进内衣里面，非常笨拙地爱抚她的肉体。

　　"不要急嘛，"每次我露出失望的表情时她就说，"在我准备好以前，拜托再稍微等一下。"

　　说真的，我并不特别着急。我只是对各种事情都觉得相当困惑和失望。不用说我是喜欢泉的，也很感谢她能做我的女朋友。如果没有她的话，我的十几岁的日子一定更无聊、更缺乏色彩了。她基本上是个坦诚而愉快的女孩子,很多人都对她有好感。我们的兴趣很难说相合。我想我读的书、我听的音乐她几乎都不了解。所以关于这方面的东西,我们从来就没有站在对等的立场上交谈过。在这一点上,我和泉的关系跟我和岛本的关系就相当不同。

不过坐在她旁边,触摸她的手指,我的心情能够很自然地变温和。跟别人不能讲的事,对她也可以比较轻松地说出来。我喜欢吻她的眼睑、嘴唇。喜欢撩起她的头发吻她那小小的耳朵。我这样做的时候,她就咯咯地笑。我现在回想她时,眼前总是浮现安静的星期天早晨的情景。安稳而天气美好,一天才刚刚开始的星期天。没有习题,只要做喜欢做的事就行的星期天。她常常给我这样的星期天早晨一般的心情。

当然她也有缺点。她对某种事情,多少有些过分顽固,而且也不能不说她缺乏想象力。她不打算踏出她过去所属的、成长过来的世界。也不会对什么事情热衷得废寝忘食。还有她敬爱双亲。她所说出口的有些意见——虽然现在想起来以一个十六七岁少女来说是极理所当然的——平板而欠缺深度。这有时候让我觉得蛮乏味的。不过我从来没听她说过任何人的坏话,也没提过引以为豪的事情。而且她喜欢我,看重我。我说的话她能认真听,而且鼓励我。我跟她谈了很多关于我自己的事和自己的未来。以后想做什么,想当一个什么样的人。就像大多数那个年代的少年经常会提起的,纯粹非现实的梦话。可是她都好好地热心听。甚至还鼓励我。"我想你一定会成为一个很杰出的人。因为你身上拥有某种很棒的东西。"泉说。而且她是真心说的。有生以来，只有她对我说过这样的话。

而且我能拥抱她——即使是隔着衣服——也很棒。我觉得困惑而失望的是，不管经过多久，我都没办法在泉身上发现为我而存在的东西这一点。我可以把她的优点罗列出来，而且那项目绝对比缺点多得多。那应该比我这个人所拥有的优点清单要长。但她却缺少了什么决定性的东西。如果我能从她身上找到那个什么的话，我想我一定已经和她睡过了。我恐怕绝对无法忍耐吧。我想就算要花很长时间，我也会说服她，让她了解为什么她非跟我睡觉不可。不过毕竟是我自己没有非要那样做不可的决心。我当然只不过是一个满脑子性欲和好奇心的十七八岁不懂事的少年而已。不过我头脑的某个部分却知道，如果她不愿意做爱的话，不应该勉强她，至少不得不耐心等待适当时机的来临。

不过我只有一次，抱过赤裸的泉。我明白地向泉表示我不喜欢隔着衣服抱她。我说如果你不想做爱的话，不要也可以。可是我无论如何都要看你的裸体，希望抱什么也不穿的你。还说，我必须这样做，我已经没办法再忍耐了。

泉考虑了一会儿后说，如果你真的这样希望，那么这样也可以。"可是你要答应，"她表情非常认真地说，"只有这样噢，我不想做的事不能做噢。"

放假日她到我家来了。那是一个十一月初，晴朗得很舒服，但有一点点冷的星期天。母亲和父亲有事情到亲戚家去了。那好像是父亲方面的亲戚做法事之类的，本来父亲说我也该去参加的，但我说要准备考试而一个人留在家里。他们应该会到晚上很晚才回来。泉中午过后过来。我们在我房间的床上拥抱。然后我开始脱她的衣服。她闭着眼睛，什么也没说地让我脱衣服。不过我却费了很大的功夫。本来我的手就不巧，而且女孩子的衣服实在很麻烦。结果泉中途忍不住张开眼睛，自己把衣服全部脱下，她穿着浅蓝色的小短裤，还有和那成一套的胸罩。不知道她是不是为了那天自己特别买的。从前她都穿一般的母亲会买给高中女儿的那种内衣。然后我也把自己的衣服脱掉。

我抱住她什么也没穿的身体，吻着她的脖子和乳房。我抚摸她光滑的肌肤，可以闻到她皮肤的香味。两个人赤裸地互相拥抱感觉真棒。我想进入她体内，想得快疯了。可是她却坚决地阻止。

"对不起。"她说。

不过取而代之，她用嘴含住我的阴茎，为我动着舌头。她是第一次为我做这件事。她的舌头在我的龟头上动了几次之后，我没有任何思考的余地，立刻就射精了。

我在那之后一直抱着泉的身体。我慢慢地抚摸她身体的每一个细部。望着她被窗外射进来的秋天的阳光照着的身体。用嘴唇吻她的各个地方。那真是一个美好的下午。我们赤裸着身体，紧紧地拥抱了好几次。而且我射精了几次。我每次射精，她就到洗手间去漱口。

"好不可思议的东西哟。"泉说着笑了。

我和泉虽然交往了一年多一点,但那个星期天下午确实是我们两个人一起度过的最幸福的时刻。彼此赤裸相对之后,可以感觉到我们已经没有任何事情互相隐瞒了。我觉得现在好像比以前更了解泉似的。她应该也有同样的感觉。必要的只是微小的累积。不光是言语或约定,而是靠微小的具体事实一件一件小心地累积起来,我们才能稍微向前进步一点。我想她所要求的,终究也就是这样的事情吧。

泉把头放在我的胸上很长一段时间,好像在听心脏的声音似的一直安静不动。我抚摸她的头发。我十七岁,很健康,快要变成大人了。那真是一件美好的事。

不过快接近四点,她正准备要回家的时候,玄关的门铃响了。刚开始我们打算不理会。虽然不知道谁来了,但只要不出去,不久那人应该会回去吧。可是门铃却执拗地继续响了好几次又好几次。感觉真讨厌。

"是不是家里人回来了?"泉脸色发青地说。她从床上起来,开始抓起自己的衣服。

"没事的,没有理由这么早回来,而且也没有必要特地按门铃,他们自己有钥匙啊。"

"我的鞋子。"她说。

"鞋子?"

"我的鞋子放在玄关没收起来。"

我穿上衣服走下去,把泉的鞋子藏在鞋柜里,然后开门。阿姨就站在门外。她是母亲的妹妹,一个人住在离我们家搭电车大约一小时的地方,偶尔会来我们家玩。

"你在干什么啊?我按了好久的门铃。"她说。

"我戴着耳机听音乐,所以没听见啊,"我说,"不过我爸妈都出去了,说是去参加一个法事,要到晚上才回来。我想你应该知道吧?"

"我知道啊。不过正好有事到这附近来,你又在家做功课,所以我想过来帮你做晚饭哪。东西都买来了呢。"

"阿姨,晚饭我自己也会做啊,又不是小孩。"我说。

"不过反正东西都买来了,没关系,你不是很忙吗?我来做饭,你去好好用功吧。"

要命要命,我想。这下死定了。这么一来,泉就回不去了。我们家要到玄关,必须通过客厅,要出门,又不得不通过厨房的窗前。当然也可以向阿姨介绍泉,说她是来玩的朋友。但我是应该拼命用功准备考试的,所以如果把女孩子叫到家里来的事情被拆穿了会很麻烦。也不可能拜托阿姨对父母亲保密。虽然阿姨不是坏人,但却没办法自己一个人把事情藏在心里。

阿姨进厨房去准备整理食品的时候,我把泉的鞋子拿到二楼自己房间。泉已经完全穿好衣服了。我向她说明情况。

她脸都发青了。"我到底要怎么办才好。如果一直躲在这里出不去的话，怎么办？我也必须在吃晚饭之前回到家啊。如果回不去，那会很糟糕。"

"没问题，我会想办法。一定会顺利的，你别担心。"我说，先让她镇定下来。不过其实我也完全不知道该怎么办才好。脑子里毫无头绪。

"还有我吊袜带的绊扣也掉了，我找了好久都没找到，你有没有看见？"

"吊袜带的绊扣？"我说。

"很小的东西，差不多这么大的金属做的。"

我试着在房间地板上和床上找，不过却没发现那样的东西。"没办法你只好不穿丝袜回去了，很抱歉。"我说。

我到厨房去看看，阿姨正在调理台上切着蔬菜。"沙拉油不够了，你出去帮我买好吗？"阿姨跟我说。因为没理由拒绝，所以我骑了脚踏车，到附近的商店去买沙拉油。四周已经有点昏暗了。我逐渐担心起来。再这样下去，泉会真的出不了我家。在父母亲回来之前我不能不想办法。

"我看只能趁阿姨上洗手间的时候，你悄悄地出去。"我对泉说。

"你想行得通吗？"

"总得试试看吧。这样一直不动也不是办法啊。"

我和泉商量，我到楼下去，如果阿姨上洗手间，我会大声拍两次手。她就赶快下楼,穿上鞋子出去。如果能顺利脱身,就在稍过去一点的电话亭打电话给我。

阿姨很轻松地一面唱歌一面切菜,做味噌汤,煎蛋。不过经过好久好久她都不上洗手间。那使我非常急躁不安。我想或许这个女人拥有特别巨大的膀胱。不过就在我几乎要放弃的时候,阿姨终于解下围裙,走出厨房。我确定她已经进洗手间之后立刻跑进客厅,用力拍了两次手。泉提着鞋子走下楼梯,赶快穿上,悄悄从玄关出去。我走到厨房,确认她平安无事地走出门去。然后立刻,几乎是擦身而过地,阿姨从洗手间出来了。我叹了一口气。

五分钟之后,泉打电话来。我说十五分钟后回来,就走出门去。她在电话亭前站着等我。

"我非常讨厌这样的事情,"我还没开口之前,泉就这样说,"这种事情我再也不会做了。"

她很慌乱,很生气。我把她带到车站附近的公园去,让她在一张长椅上坐下。然后温柔地握住她的手。泉在红毛衣上穿了一件浅灰褐色外套。那里面所有的东西都让我觉得好怀念。

"可是今天真的是美好的一天哪。当然是指阿姨来之前。你不觉得吗?"我说。

"我当然也很快乐。我跟你在一起的时候总是很快乐的。可是后来剩下一个人的时候,我对很多事情又都变得不肯定了。"

"例如什么事呢？"

"例如以后的事啊。高中毕业以后的事。你大概会去上东京的大学，我会留在这里上这里的大学。我们以后到底会怎样呢？你对我到底有什么打算呢？"

我已经决定高中毕业之后到东京上大学。我开始想我有必要离开这个地方，离开双亲自己独立，一个人生活下去。虽然依我历年的总成绩来看不算太好，但有几个自己喜欢的科目没怎么用功就可以拿到马马虎虎还不错的成绩，所以我想有些入学考试科目不多的私立大学应该不难进去。不过她和我一起到东京的可能性却完全没有。泉的父母亲希望把她留在身边，而泉也不想违背他们的意愿。她从过去到现在从来没有一次反抗过她父母。所以泉当然也希望我留在这里。她说，这里也有好大学呀，为什么非要特地到东京不可呢？我想如果我说不去东京的话，或许她就会立刻跟我睡了。

"喂！又不是到国外去，只要三个小时就可以来来回回呀。而且大学的休假都很长，一年里面有三个月或四个月在这边哪。"我说。这是我跟她解释了几十次的事。

"可是你如果离开这里，一定会把我忘掉。并且再发现别的女孩子啊。"她说。这也是她对我说过几十次的话。

每次我都跟她说不会有这回事。我说我喜欢你，不会那么容易就忘记你。不过说真的，我并没有那么肯定。有时候光是场所改变，时间和感情的流动就会完全改变。我想起和岛本分开时的事。即使两个人都感觉那样亲密，可是一旦上了中学，搬到别的镇上时，我和她就分别走上不同的路了。我曾经那么喜欢她，她也叫我去玩。但是结果我却不再去了。

"有些事情我不太明白，"泉说，"你说你喜欢我，而且尊重我，这些我知道。可是你真的在想什么，我常常觉得弄不清楚。"

泉这样说完，就从大衣口袋拿出手帕来，擦着眼泪。她在哭，我竟然没发现。我不知道该说什么，于是等她继续说下去。

"我想你一定喜欢自己一个人在脑子里想各种事情。而且不太喜欢别人去刺探。或许因为你是独生子，你已经习惯自己一个人去思考，去处理各种事情。只要自己知道，就行了，"泉这样说着摇摇头，"这常常使我很不安。觉得好像被遗弃了似的。"

好久没听人提过独生子这字眼了。我想起这字眼在小学时曾经那么伤害过自己。不过现在泉却以完全不同的意义提到这字眼。泉说我"因为你是独生子"的时候，她所指的意思，并不是被宠坏、被溺爱的意思，而是针对我经常不想从自己一个人的世界走到外面，容易倾向孤立的自我而言的。她并没有责备我的意思，她只是为这件事感到悲哀而已。

"我也很高兴能够和你那样互相拥抱，也想过或许各种事情都会这么顺利地进展下去，"临分手时泉说，"可是，事情没有这么简单哪。"

我从车站走回家的路上，试着想想她所说的话。她想说的事我大

国境之南，太阳之西

概都能了解。我并不习惯向别人打开我的心。我想泉已经向我打开她的心了。不过我却做不到。我虽然喜欢泉，但在真正的意义上却没有接纳她。

从车站到家里的路是我走过几千次的，可是那时候，在我眼里看来却像是我从来没见过的陌生地方的光景似的。一面走着，我一面回想那天下午拥抱泉的裸体的事。想起她那变硬的乳头、无依无靠的阴毛、柔软的大腿。于是我的心情逐渐变得难过不安起来。我到香烟店的自动贩卖机买了香烟，回到刚才和泉一起坐过的公园长椅，为了让情绪稳定下来而点上烟。

如果阿姨没有突然闯进来，或许很多事情都会顺利进行吧，我想。如果什么事也没发生的话，我们很可能可以一直以更愉快的心情告别，一定会觉得更幸福的。不过就算今天阿姨没来，总有一天也一定会发生类似的事情。即使今天没发生，很可能明天也会发生。最大的问题是我不能说服她。而为什么我不能说服她，是因为我无法说服我自己。

天黑之后，风忽然急速变冷，告诉我冬天立刻要接近了。而新年一过，不久入学考试的季节就要来临，然后一个完全崭新的地方的完全崭新的生活正在等着我。而那新的状况或许会让所谓我这样一个人起很大的变化。而我虽然一方面抱持着巨大的不安，另一方面却也强烈地追求着那样的变化。我的身体和心都在追求着未知的土地、新鲜的气息。那一年很多大学被学生占据了，示威的风暴席卷了东京街头。世界眼看着好像即将发生极大的变化，我希望自己的肌肤能够亲自感觉到那发热。就算泉强烈地希望我留在这里，就算她以此作为交换条件答应跟我睡觉，我都已经不打算继续再留在这个安静而高雅的市镇了。就算这样一来，她和我的关系会结束也罢。如果我留在这里的话，我内心一定有什么会失去。但我想那是我所不能失去的。那就像是一个模糊的梦似的东西。那里面有光，有疼。或许是限定在一个人十几岁的后半段时期，才能够抱有的那种梦。

而那也是泉所无法理解的梦。那时候的她正在追求的，又是另一种形式的梦，应该存在于另一个地方的世界。

不过结果，在那新地方的新生活实际开始之前，我和泉却遇到一场预料不到的突然的变局。

4

我第一个睡过的女孩子,是个独生女。

她不是——或许应该说她也不是———起走在街上时,擦肩而过的男孩子会忍不住回过头来再看一眼的那一型。更确切地说,几乎不起眼。虽然如此,我第一次和她见面时,自己也不知道为什么居然会强烈地被她吸引。那就好像大白天走在街上,突然间被眼睛看不见的无声的雷打中了一样。这里面既没有保留,也没有条件。没有原因,也没有说明。没有"可是",也没有"如果"。

我试着回顾自己过去的人生,除了极少数的个例之外,我的心几乎从来没有被一般意义上所谓的美人强烈吸引过的经验。我跟朋友走在路上,是曾经有朋友说过:"喂!现在走过去的女孩子漂亮吧?"不过说来也奇怪,我会说"漂亮啊"的女孩子的脸,我却想不起来。我的心也不曾被美丽的女明星或模特儿吸引过。虽然不知道为什么,但总之就是这样。我的现实世界和梦的领域之间界线非常模糊,连最能发挥所谓爱慕这种东西的强大威力的十几岁初期,我对美丽的女孩子们，也不过觉得她们只是美丽而已，心却不会被她们吸引。

　　我会被强烈吸引的，不是那种能够数量化、一般化的表面的美，而是在那深处所拥有的更绝对性的某种东西。正如有些人悄悄地喜欢大雨、地震和大停电一样，我也喜欢异性对我发出那种强烈而隐秘的什么。那个什么，在这里假设称它为"吸引力"。一种不管你喜不喜欢，同不同意，就是会引你靠近、吸你进去的力量。

　　或许那力量可以拿香水的气味来比喻。到底是靠什么作用产生拥有那种特殊力量的气味呢？恐怕连制造那香水的调香师自己都没办法说明。用科学方法也很难分析。但不管有没有说明，某些香料配合在一起，能够像交尾期野兽的气味一样地吸引异性。有些气味也许能在一百个人之中吸引五十个人。另一些气味或许能够吸引另外那五十个人。可是和这些不同的是，这世界上也有在百人之中只能极端激烈地吸引一个或两个人的气味。那是很特别的气味。而我却有能力清清楚楚地感觉到那样的特别气味。我知道那是为了我而存在的宿命性的气味。就算从很远很远的地方也能够闻出来。那样的时候，我会走到她们旁边去，想要这样说："喂，我知道噢。也许其他的人都不知道，但是我知道噢。"

　　我从第一次和她见面的时候开始，就想我要跟这个女人睡觉。更准确地说，应该是：我想我不能不跟这个女孩睡觉。而且本能地感觉到这个女孩也想跟我睡觉。我站在她面前真的是身体直发抖。而且我

国境之南，太阳之西

在她面前的时候，激烈地勃起了几次，连走路都觉得困难。那是我有生以来第一次体验到的吸引力（我对岛本也许感觉到过那原型，但那个时候的我还太不成熟，不能把那称为吸引力）。我遇见她时是十七岁的高三学生，对方是二十岁的大二女生。而她偏偏正巧是泉的表姐。她也有她的男朋友。不过那对我们来说并不构成妨碍。如果她是四十二岁，有三个小孩，屁股上长了两条尾巴，我想我也会不在意吧。那吸引力就是这样的强。我很清楚地想道，我不能就这样让这个女人擦肩走过。我如果这样，一定会后悔一辈子。

总而言之，就这样我有生以来第一次性交的对象，是我女朋友的表姐。而且不是普通的表姐，是非常亲密的表姐。泉和她从小就很好，经常来来往往。她在京都大学上学，住在御所西侧租的公寓里。我和泉两个人去京都玩时，找她出来一起吃中饭。那是泉到我家，我们互相赤裸拥抱，因为阿姨来访闹得不欢而散的那个星期天的两周之后。

我在泉离开座位的时候，对她说我想打听有关她上的那所大学的事，向她要了电话号码。两天后，我打电话去她住的地方，说如果方便，希望下个星期天能见面。她停了一会儿之后才说，好啊，那一天正好整天有空。我听了那声音，就确信她也想和我睡觉。我从她声音的音调，可以清清楚楚地感觉到。下一个星期天我一个人到京都去见她，而且那个下午就已经跟她睡了。

我和泉的那位表姐在从此以后的两个月之间，脑浆都快融化了似的激烈做爱。我和她既没去看电影，也没去散步。既没谈小说、谈音乐、谈人生，也没谈战争、谈革命，什么也没谈。我们只是性交而已。当然我想轻微的寒暄之类可能是有的。不过到底说了什么几乎都想不起来。我所记得的，只有在那里的一些琐碎的具体东西的意象而已。放在枕头边的闹钟，挂在窗上的窗帘，桌上的黑色电话机，月历的照片，床上她脱掉的衣服。还有她肌肤的气味，和那声音。我什么也没问她，她也什么都没问我。不过只有一次我和她一起躺在床上时，忽然想到，就试着问她说，你会不会碰巧是独生女？

"是啊，"她满脸惊讶地说，"我是没有兄弟姊妹，不过你为什么会知道？"

"也没什么为什么，只是有点那样的感觉。"

她看了一会儿我的脸。"你会不会碰巧也是独生子？"

"是啊。"我说。

我跟她的交谈留在记忆里的只有这些。我忽然感觉到一种类似灵感的东西。这个女人会不会是个独生女。

除了真正必要的时候，我们连吃喝都免了。我们只要一碰面，几乎连口都没开，就立刻脱衣服，上床拥抱，做爱。那里没有阶段，也没有程序。我在那里所展示的东西只有单纯的贪欲而已，她可能也一样。我们每次见面都性交四次或五次。我是名副其实地到精液耗尽为止，激烈得连龟头都胀起疼痛。不过虽然那么热情，虽然互相感受到那么强烈的吸引力，但彼此脑子里都没有想到过已经变成了男女朋友，以后能不能长久幸福地在一起之类的事情。对我们来说，那是所谓龙卷风似的东西，终究是要过去的。我想，我们已经感觉到这种事情没有理由永久持续下去。所以我们每次见面的时候，之所以能够这样拥抱，是因为头脑里的某个地方怀有这或许是最后一次的想法，而那样的想法则使我们的性欲更加高涨。

　　准确地说，我并不爱她。她也当然并不爱我。但是不是爱对方，那时候对我并不是重要的问题。重要的是，自己现在，正被某种东西激烈地卷进去，而那某种东西之中应该含有对我很重要的东西，这回事。我想要知道那是什么。非常想知道。如果可能的话，我甚至想把手插进她肉体里面，直接接触那某种东西。

　　我喜欢泉。不过她却一次也没有让我尝过这种不可理喻的力量。比较起来，我对这个女人的事情一无所知。也没有理由感觉到爱情。不过她却令我震撼，强烈地吸引我。我们之所以没有认真交谈过，是因为觉得没有必要认真交谈。要是有认真交谈的"能量"的话，我们宁可用来再做一次爱。

　　我想我跟她这样的关系，或许会沉迷得连喘一口气的闲工夫都没有地持续个几个月之后，就各自分手了。因为那时候的我们所做的，连疑问都毫无插入的余地，是极其自然且当然的行为，也是必要的行为。类似爱情、罪恶感或未来之类的东西插进来的可能性，从一开始就被排除在外。

　　所以，如果我和她的关系不曝光的话（但事实上这一定是很困难的。因为我实在太热衷于跟她做爱了），或许我和泉在那以后还会持续交往也不一定。我们或许会继续保持一年中只有大学放假的几个月期间见面约会的男女朋友关系吧。这种关系不知道能维持多久，但我觉得几年之后，不一定由谁开始，我们还是会很自然地分开。我们二人之间，有几个很大的差异点，那是会随着年龄增长，而越变越大的那种差异点。现在回过头去看，我其实很清楚。不过就算我们末了不得不分开，如果我和她的表姐没有上床的话，我们应该会以比较安稳的方式分手吧，应该能以更健康的姿态踏进新的人生阶段吧。

但实际上却不然。

实际上我却深深地伤害了她。我损坏了她。她到底受伤多深，到底损坏多重，我也大致想象得到。以泉的成绩本来可以轻易考上的大学也没考上，只能进一所不知道什么地方的不知名的小小女子大学。我跟她表姐的关系曝光之后，只和泉见面谈过一次。我和她在约会时经常用来互相等候的咖啡店里长谈。我试着向她解释什么。尽可能坦白地、小心选择措辞，我想把自己的心情传达给泉。说我和她表姐之间所发生的事，绝对不是本质上的事，说那不是在本来的正轨上所发生的事。那是属于一种类似物理上的吸引力之类的东西，我甚至连背叛了你的愧疚几乎都没有，那对我和你的关系一点都没有影响。

不过当然泉不会了解这个。而且说我很肮脏、在说谎。确实也正如她所说的。我对她保持沉默，暗中背着她和她表姐睡觉。还不是一次或两次，而是十次或二十次。我一直在欺骗她。如果那是正常的话，应该就没有必要欺骗。我应该一开始就对她明说，我想和你表姐睡觉，想得脑浆都快融化了，想用所有一切的体位做千百次，但那是和你没关系的行为，所以希望你别介意。但以一个现实问题而言，却不可能向泉那样说。所以我说谎了。说了一百次、两百次谎。我随便捏造理由推掉和她的约会而跑到京都，去和她表姐睡觉。关于这点我没有辩解的余地，而且不用说一切责任都在我这边。

我和她表姐的关系被泉知道，是在一月接近终了的时候。那是我第十八次生日后的不久。二月里我去参加几个大学的入学考试，全都顺利考上，三月底我就要离开这个地方到东京去了。我在离开之前打了几次电话给泉。不过她已经不肯再跟我说话了。我也写了几次很长的信，但没有回信。我想总不能这样子离开吧。没有理由让泉在这种状态下一个人留在这里。不过不管怎么想，现实中却什么也做不到。泉已经不愿意以任何形式，和我保持任何关系了。

在前往东京的新干线上，我一面呆呆望着窗外的风景，一面思考自己到底是什么样的一个人。我看看自己放在膝盖上的手。看看自己映在玻璃窗上的脸。所谓在这里的这个我到底是什么东西，我想。我有生以来第一次对自己感到激烈的嫌恶。为什么做得出这种事呢，我想。不过我知道，如果再一次把我重新放回同样的状况的话，还是可能重复发生同样的事情。我还是会对泉说谎而去和她表姐睡觉。就算这样会多么地伤害泉也一样，要承认这点很痛苦，但却是事实。

当然我伤害泉的同时，也伤害了自己。我深深地——比我当时所感觉到的更深地——伤害了自己。从这里我应该得到很多教训才对的。不过几年过去之后重新回头看时，我从那次体验中所得到的，只有一个基本事实，那就是所谓我这样一个人，终究是以恶形成的人。我从来没有想过要对什么人做坏事。但不管动机如何，想法怎样，我都会依需要而任自己为所欲为，最后导致残酷的结果。连对我本来应该非常珍惜重视的对象，都会制造借口，造成无法挽回的决定性伤害。

我上大学时，希望再一次搬到新的地方，再一次获得新的自我，再一次开始新的生活。靠着变成一个新人，能够订正过去的过失。刚开始时，看起来好像可以顺利进行下去的样子。不过结果，不管到什么地方，我还是我。我还是重新犯下一样的错，一样地伤害别人，而且伤害自己。

过了二十岁之后，我忽然想通，我或许永远也做不了一个正常人。我犯了几次错。不过那或许并非真正的过错。那与其说是过错，不如说是我自己所拥有的类似本来的倾向之类的东西。一想到这里，我心情就变得非常黯淡。

5

　　关于大学四年的事情，没什么值得一提的。

　　刚上大学的第一年，我参加了几次示威游行，也跟警察队伍斗争。支持大学的罢课，也到政治性集会去露脸。在那里也认识了几个颇有深度的有趣的人。不过我对那样的政治斗争，却没办法打从内心热衷参与。去参加示威游行和旁边的人手拉手时，我总觉得有点不舒服，而面对警察队伍不得不丢石头时，也总觉得自己好像变成不是自己了似的。这真的是我所要的东西吗，我想。我跟别人之间，没办法拥有所谓的连带感。笼罩着街头的暴力气息和人们口中强有力的话语，在我心中逐渐失去了光辉。我逐渐怀念起我和泉两个人所度过的时间。不过已经没法回去了。我已经把那个世界丢在后面，自己离开了。

　　而另外一方面，我对大学里所教的东西几乎也没什么兴趣。我选的课大半都没意义而无聊。那些没有一门能够吸引我的心。我忙着打工，很少到校园露面，所以四年后能够毕业，真可以说是侥幸。我也交了女朋友。三年级的时候，同居了半年。不过结果还是吹了。那时候我也不知道自己对人生到底要追求什么。

等到回过神时,政治季节已经过去。看起来曾经一度像是摇撼时代的巨大胎动似的几种波动,也简直像失去风的旗子一样,势力尽失,而被吞进欠缺色彩的宿命性日常之中去了。

大学毕业后,在朋友介绍之下,我进入一家编辑出版教科书的公司上班。我把头发剪短,穿上皮鞋,穿起西装。虽然是一家看起来不起眼的公司,但那一年的就业状况对文学科系毕业的人来说并不怎么有利,何况以我的成绩和人际关系,如果想进更有趣的公司,恐怕只会吃个闭门羹。所以能进那家公司已经不错了。

工作不出所料很无聊。虽然工作场所的气氛本身还不错,但很遗憾的是我对编辑教科书这种工作,几乎感觉不出任何乐趣。不过有半年时间我还是热心地投入工作,试着想从里面找出一点趣味来。我想不管什么样的事情,只要试着尽全力去做,就应该会得到什么。不过最后我还是放弃了。不管怎么努力,这工作还是不适合我,这是我所得到的最后结论。我实在觉得好失望。觉得我的人生好像就到这里结束了似的。我想,往后的岁月,难道就要葬送在这毫无趣味的教科书制作中吗?如果没发生任何事情的话,离退休还有三十三年,每天每天都要面对桌子看打样校对,算行数,订正汉字注音。然后找个差不多的女人结婚,生几个孩子,每年两次的奖金几乎是唯一的快乐,就这样过一生吗?我想起泉以前对我说的话:"我想你一定会成为一个很杰出的人,因为你身上拥有某种很棒的东西。"我每次想到这句话,心情就非常苦闷。泉，我身上实在没有任何很棒的东西呀！我想现在你也已经很清楚了。不过没办法，谁都会弄错的。

我在公司几乎像机器一样地做完上面交下来的工作，剩下的时间，就一个人读读喜欢的书，听听喜欢的音乐过日子。我逐渐认为工作这东西本来就是无聊的义务性作业，我只能有效利用剩下来的时间，多少让自己享受人生。所以我下班后并不和工作上的伙伴一起去喝酒。并不是跟别人相处不好，或刻意疏离别人孤立自己。只是不打算在工作以外的时间，在公司以外的场所，和同事们积极地发展私人性的人际关系而已。如果可能的话，我想尽量把自己的时间留给自己一个人。

这样的生活转眼之间就过了四年或五年。在那期间我交了几个女朋友。不过没有一个交得长的。我跟她们约会几个月，然后就会这样想：“不对，不该这样子。”我无论如何都没办法从她们身上找到为我而预备的什么。我和她们之中的几个睡过觉。不过在那里已经没有类似感动的东西了。那是我人生的第三阶段。从上大学到迎来三十岁为止的十二年间，我在失望、孤独和沉默中度过。在那期间我几乎没有和任何人的心灵互相沟通过。那对我来说，可以说是被冷冻的岁月。

我比以前更深地躲进自己一个人的世界里。我习惯一个人吃饭、一个人散步、一个人到游泳池去游泳、一个人去听音乐会或看电影。而且这样并不特别觉得寂寞或难过。我常常想到岛本，想到泉。她们现在不知道在哪里、正在做什么。或许两个人都已经结婚了，说不定孩子都有了。不过不管境遇如何，我总是希望能和她们见个面，至少谈一点话也好。只要一个钟头就好。如果是岛本的话，或者是泉的话，我就可以比较准确地表达我的心情。我思考和泉言归于好的方法，思考和岛本重逢的方法，以此来打发时间。我想如果真的能这样的话，不知道该有多好。可是我并没有做任何努力去实现这想法。结果她们只是已经从我的人生之中失去的存在。时钟是不能逆转的。我变得经常自言自语，夜里一个人喝酒。也是在那个时候开始想到或许我会一辈子都不结婚。

那是进公司后的第二年，我曾经跟一个脚不好的女孩子约会过。那是两对一起的约会，我同事邀我一起去的。

"这女孩脚有点不好噢，"他有点难以开口地这样说，"不过很漂亮，个性也很好。我想你见了一定会喜欢。而且说是脚不好，其实也不怎么明显。只是有一点跛而已。"

"这种事我倒不介意。"我说。说真的，我想如果他那时候没提出脚不好的话，或许我就不会去赴那个什么约会了。我对于所谓的两对约会或未曾谋面的约会之类的东西已经很厌烦了。不过我一听说那女孩子脚不好，就无论如何也拒绝不了那诱惑了。

"说是脚不好，其实也不怎么明显。只是有一点跛而已。"

那女孩子是我同事的女朋友的朋友。我想大概是高中同班同学之类的。她个子小小的，五官长得蛮端正。不过并不是很华丽的美，而是感觉有点安静而畏缩的美。那使我想到躲在森林深处不常出来的小动物。我们看完星期天早上的电影,然后四个人一起吃中饭。在那之间,她几乎都没说话。对着玻璃杯的水什么也不说,只是眯眯笑着而已。然后我们分成两组散步。我和她到日比谷公园去,喝了茶。她和岛本不同一边的脚有点跛。脚的弯曲方式也有点不同。岛本是脚有点回转似的行走,而她是脚尖有点朝旁边地笔直拖着走。不过虽然如此,她们的走法还是很像。

她穿着红色高领毛衣、蓝色牛仔裤,鞋子是普通的靴子。几乎没有化妆,头发绑个马尾巴。说是大学四年级,但看起来更年轻。真是个话很少的女孩子。不知道是平常就不多说话,还是因为第一次见面紧张说不出口,或者只是缺乏话题,我无法判断。不过总而言之,刚开始几乎没有什么称得上对话的东西。我所知道的,大概只有她在私立大学念药学而已。

"念药学是不是很有趣?"我试着问她。我和她走进公园里的咖啡屋喝咖啡。

我这样说完,她有点脸红起来。

"没关系,"我说,"制作教科书,也不是那么有趣的。这个世上无趣的事情真是太多了,不必一一在意呀。"

她考虑了一下。然后终于开口:"并不是特别有趣,只是因为我家开药房。"

"哦!关于药学方面的事,教我一点好吗?我对药学真的是一窍不通。很抱歉，我这六年之间，几乎没吃过一粒叫作药的东西。"

"你身体很强壮啊。"

"托福！一次也没宿醉过，"我说，"不过小时候身体很弱，经常生病。药也吃了不少。因为我是独生子，所以父母亲一定是过分保护我了。"

她点点头，盯着咖啡杯里一会儿，等到她下一次开口还要花很长时间。

"所谓药学，我想确实不是那么有趣的学问，"她说，"我想世界上一定还有很多事情是比——去背药的成分更有趣的。同样是科学，但不像天文学那样浪漫，像医学那样戏剧性。不过那里面好像拥有更接近身边的亲密感。也可以说是等身大，和身高相等吧。"

"噢。"我说。这女孩子想说话时倒也还能说。只是寻找字句比别人更花时间而已。

"你有兄弟姊妹吗？"我试着问。

"有两个哥哥。一个已经结婚了。"

"你念药学，将来是不是要当药剂师继续经营家里的药房？"

她脸又有点红起来。然后又沉默了很长一段时间。"不知道。我两个哥哥都上班就业了，也许由我继承家里的事业也说不定。不过也没有这样决定。如果我没有意思继续下去的话，也没关系，我父亲说，他能做的时候药房就继续开，以后再把店卖掉也行。"

我点点头，等她继续说。

国境之南，太阳之西

"不过我想由我来接手也好。因为我脚不好，我想工作也没有那么容易找。"

就这样我们两个人谈谈话，度过那个下午。沉默居多，谈话很花时间。问她一点什么，她立刻就会脸红。不过和她谈话一点也不觉得无聊，也不会有透不过气的感觉。我想也可以说我觉得谈得蛮愉快的。那对当时的我来说，是非常稀奇的。在那家咖啡屋隔着桌子面对面谈了一会儿之后，我甚至觉得好像从很久以前就认识她似的。那是一种类似怀旧的心情。

那么我的心是不是已经被她强烈地吸引了呢？说真的，我想我只能说我的心并没有那么强烈地被那女孩子所吸引。我对她当然抱有好感，在一起也能快乐地共度时间。她是个漂亮女孩子。正如我同事刚开始说过的那样，性情也好像很好的样子。不过在罗列这些事实之后，如果越过这些而问道：在她身上有没有发现能够压倒性地震撼我心的东西，那么很遗憾，答案是 No。

而岛本身上却有那东西，我想。我和那女孩在一起的时候，一直想着岛本的事。虽然觉得不应该，但我却没办法不想岛本。一想到岛本，我的心现在都还会震动。好像自己内心深处的那扇门被悄悄推开了似的，那里面含有微热的兴奋。但和那位脚不好的漂亮女孩两个人在日比谷公园散步时，我却没有能够感觉到那一种兴奋或震撼。我对她所能感觉到的，只是某种共鸣和安详的温柔而已。

她家，也就是那家药房，在文京区的小日向。我搭巴士送她到那里。两个人并排坐在巴士座位上时，她也几乎都没开口。

几天后同事到我那里来，说那女孩对你好像相当满意哟。然后邀我下次休假要不要再四个人一起到什么地方去。不过我随便找了一个借口推掉了。跟她再见一次面谈谈话本身并没有什么问题。说真的，我还真想跟她慢慢地多谈一点的。我想如果我们是在别的状况下相遇的话，或许我们可以变成很好的朋友也说不定。但不管怎么说，那都是两对约会。那种行为的本来目的，就是为了要找男女朋友的。如果和那对象连续两次约会的话，就会相对地产生某种责任。我不想伤害那个女孩，无论是哪种形式的。所以我只好拒绝。而且当然，我和她从此以后没见过第二次面。

6

还有一次,为了一个脚不好的女人,我曾经有过非常奇妙的经历。那时候我已经二十八岁。不过因为那实在发生得太奇怪了,到现在我还没办法弄明白,那到底有什么含意。

年底我在涩谷纷乱拥挤的人群中,发现一个脚的跛法和岛本一模一样的女人。那个女人穿着红色长大衣,腋下夹着黑色漆皮皮包,左手戴着手镯式的银色手表。她身上穿戴的东西,看起来好像都很昂贵。我本来在道路对面走着,但忽然看见她的身影,就急忙穿越人行道。街上拥挤得令人怀疑哪来这么多人,但我并没有花太多时间就追上她了。因为她脚不好,没办法走太快。而且那脚的行走方式,和我记忆中岛本的步法实在太像了。她也和岛本一样,左脚有点扒回来似的拖着走。我一面跟在她后面走,一面不厌倦地望着那被丝袜包裹着的美丽的腿画着优美的曲线。那是经过漫长年月的训练所学会的复杂技术才可能产生的那种优美。

我跟在离她有点距离的后面,暂时就那样走着。要配合她的步调(也就是逆着人潮的流动速度)继续走并不简单。我有时候看看橱窗,有时候停下来假装在大衣口袋里找东西,以调整脚步的速度。她戴着黑色皮手套,没拿皮包的那一只手,提着百货公司的红色纸袋。而且尽管在阴沉沉的冬天里,她还戴着很大的太阳眼镜。我从她后面能够看到的,只有整理得很整齐的美丽头发(在肩膀一带真是高雅地往外侧卷曲着),还有那看起来很柔和而温暖的红色大衣的背后而已。当然我很想确定她是不是岛本。要确定本身并不很难。只要绕到前面去好好看她的脸就行了。可是如果真的是岛本的话,我那时候应该对她说什么才好呢?该采取什么样的行动呢?首先她是不是还记得我呢?我需要时间整理我的想法。我不能不调整呼吸,整理头发,站好姿势。

　　我一面注意着不要一不小心超越了她,一面一直跟在她后面。她在那中间没有回过一次头,也没有一次停下脚步。几乎连旁边也没看一眼。看起来她只是朝着某个目的地,一味地继续走着而已。她正如岛本经常做的一样,背脊挺得笔直,抬着头走着。如果没看见她左脚的行走的话,如果只看到腰以上的话,我想谁也不会知道她的脚不好吧。只是走路的速度,比一般人走路的速度多少慢了一点而已。她那种走法,越看越让我想起岛本来。简直可以说像双胞胎一样的走法。

　　女人穿过涩谷车站前的拥挤人潮,逐渐朝青山方向的坡道一步一步走上去。到了坡道,她的走法就变得更慢了。她走了相当一段距离。要搭计程车也不奇怪的距离。就是脚没怎样的人走起来都会有点受不了的距离。但她却一面拖着脚一面继续走个不停。而我也隔着一段适当的距离跟在后面。她依然一次也没回头看后面,一次也没有站

国境之南，太阳之西

定下来。眼睛连看一下橱窗都没有。她拿皮包的手，和提纸袋的手交替更换了几次。不过除了这个之外，一直保持一样的姿势、一样的步调继续走着。

她终于避开大路的人潮，往后街走去。她好像对这一带的地理相当熟悉的样子。从繁华大街一踏进里面一步，附近就变成安静的住宅区。因为人变少了，我必须格外留意隔出更大的距离，跟在后面。

我想总共大约有四十分钟，我跟在她后面走。走到人影稀少的路上，转了几个弯，终于又走出热闹的青山道。不过她这次几乎都不走人潮堆里。一走到大马路，就好像早已经决定了似的，毫不犹豫地直接走进一家咖啡店。一家兼营西点的不太大的咖啡店。我很小心地在附近逛来逛去消磨了十分钟左右，才走进那家咖啡店。

我一进去，就立刻寻找她的身影。店里暖和得有点闷热，但她依然穿着大衣背对着门口坐着。那看起来非常高级的红色大衣实在太醒目了。我坐在最里面的那桌。点了咖啡。然后随手拿起手边的报纸，一面假装看着报，一面若无其事地偷偷看她的样子。她桌上摆了一杯咖啡，但依我看来，她的手碰都没碰那杯子。只有一次她从皮包里拿出香烟，用金色打火机点火，但除此之外，并没有特别做什么，只是一直安静地坐在那里，望着玻璃窗外的风景。看起来像在让身体休息一下，但也像在考虑什么重大的事情一样。我一面喝着咖啡，一面一次又一次地重复读着报纸的同一段报导。

经过相当长的时间之后，她好像决定了什么似的忽然站了起来，朝着我坐的这桌走来。那动作实在太唐突了，我一瞬间心脏好像要停止了似的。不过她并不是到我这里来，她走过我桌子旁边，走到门口附近的电话旁，丢下铜板，开始拨号。

虽然电话离我的座位并不太远，但因为周围人说话的声音很吵，扩音机又播放着热闹的圣诞音乐，我没办法听到她的声音。她打了相当久的电话。她桌上放的咖啡手都没碰一下就那么变凉了。当她从旁边走过时，我虽然从正面看到了她的脸，但我依然无法断定她是不是岛本。因为她化妆很浓，何况那个大太阳眼镜几乎把大半个脸都遮住了。她的眉毛用眉笔画得很清楚，涂得鲜红的薄嘴唇则闭得紧紧的。再说我最后见到岛本，是在我们都才十二岁的时候，而那已经是十五年前的事了。那个女人的脸并非完全没有令我模糊地想起岛本少女时代的脸，但我所能知道的，只有她是一个容貌非常美好的二十几岁的女人，穿着很花钱的昂贵服装，而且脚不好。

我坐在位子上擦着汗。连衬里的内衣都湿透了的汗。我脱下大衣，向服务生点了续杯咖啡。你到底在做什么，我想。我把手套不知道遗忘在什么地方了，想到涩谷去买手套，结果看到这个女人的身影时，简直就像着了魔似的跟在她后面。如果这想法极其理所当然的话，我应该走到她前面去，试着直接问她："很抱歉，你是不是岛本小姐？"这样说的话应该是最快的。但我却没这么做。我只是默默跟在她后面，而我现在已经走到退不回去的地步了。

她打完电话后，就那样笔直走回自己的位子。然后又一样背朝着我的方向坐，一直望着窗外。服务生走到她面前，问她可以把凉了的咖啡端走吗。虽然听不见声音，但我想是这样问的。她转过脸来点点头。然后好像点了新的咖啡。但那新送来的咖啡，她依然手都没碰一下。我一面偶尔抬起头观察她的样子，一面假装继续读着手上的报纸。她有几次把手腕举到面前，眼睛看着那银色手镯式手表。她好像在等什么人的样子。我想这或许是最后的机会了。如果那个什么人来了的话，或许我就要永远丧失和她说话的机会了。但我却无论如何无法从椅子上站起来。还没关系，我这样对自己找借口说。还没关系，不用急。

什么也没发生地经过了十五或二十分钟。她一直望着窗外路上的风景。然后没有任何预兆地安静站起来。然后把皮包夹在腋下，另一只手提起百货公司的纸袋。她好像放弃等人的样子。或者本来就没有等什么人。看清楚她到柜台付了账，从门口走到外面之后，我也急忙站了起来。付了账，追到她后面。看得见在人潮中她的红色大衣特别醒目。我好像在拨开人潮似的，往她的方向走。

她举起手招计程车。终于有一部计程车一面打着方向灯，一面开到路边。我想我必须开口，如果她搭上计程车，那么这就是最后的机会了。不过我的脚正要向那边踏出时，有人抓住我的手肘。那是令人吃一惊的强而有力。并不是说痛，只是那股强力的劲道令我窒息。我转回头，一个中年男人正看着我的脸。

那是个个子比我矮大约五公分，但体格很结实的男人。年龄大约四十五岁。穿着深灰色大衣，脖子上围着羊绒围巾。怎么看都是高级货色。头发分得整整齐齐，戴着玳瑁框眼镜，看起来像经常运动的样子，脸晒得很漂亮。大概是滑雪吧，或者是打网球，我想起泉喜欢打网球的父亲就是晒成这样的。我想大概是像样公司的高级主管之类的吧。或者是个高级官员。这只要看眼睛就知道了。那是一双习惯于对很多人发号施令的人的眼睛。

"要不要喝杯咖啡？"他以安静的声音说。

我眼睛追踪着穿红色大衣女人的身影。她正一面弯身上计程车，一面透过太阳眼镜朝这边瞄了一眼。至少给了我好像朝这边看的印象。然后计程车门关上，她的影子便从我的视野里消失了。她消失之后，只剩下我和那个奇怪的中年男人两个人被留在那里。

男人说："不会花太多时间。"从他的口气里几乎感觉不到所谓抑扬顿挫的东西。他看起来既没生气，也不兴奋。他简直就像为什么人推开门似的，继续静静地毫无表情地抓着我的手肘。"一面喝咖啡一面谈吧。"

当然我也可以就那样走掉的。我可以说："我不想喝什么咖啡，也不想跟你谈话。何况我也不认识你，我有急事，告辞了。"不过我什么也没说，只是一直看着他的脸。然后我点点头，照他说的又再次走进刚才那家咖啡店。我或许对他握力中所含有的什么感到害怕吧，我在那里感觉到一种奇怪的一贯性之类的东西。他那握力既不放松，也不加紧。那简直就像机器一样紧密而准确地捉住我。如果我拒

国境之南，太阳之西

绝了他的提议，我真不知道那时候这个男人到底会对我采取什么样的态度。

不过在那般顾虑的同时，我也有一点好奇。他到底要对我说什么，我对此很感兴趣。或许那谈话，会带给我有关那个女人的什么讯息也说不定。在她消失之后的现在，这个男人是她和我之间唯一联系的线索也说不定。而且在咖啡店里，这个男人也不可能对我使出什么暴力吧。

我和那个男人隔着桌子面对面坐下。服务生来之前，他和我都没说一句话。我们隔着桌子，一直注视着对方的脸。然后男人点了两杯咖啡。

"你为什么一直跟踪她呢？"男人以客气的口气问我。

我什么也不回答地沉默着。

他以毫无表情的眼睛一直注视着我。"我知道你从涩谷开始一直跟在她后面，"男人说，"那么长一段时间一直跟踪着，任谁都会发现的。"

我什么也没说。也许她知道我在跟踪之后，就走进咖啡店，打电话叫这个男人来吧。

"如果不想说话，不说也行。因为即使你不说，事情也很明白。"他说。男人或许很激动，但虽然如此，那很客气而平静的口气却丝毫没有动摇。

"我可以做几件事，"男人说，"真的噢，只要想做，就做得出。"

男人只说到这里，然后就沉默地一直盯着我看。好像在说，接下来不必说明你也知道吧？我依然一句话也没说出口。

"不过这次我不想把事情闹大。不想引起无谓的骚动。知道吗？只限于这一次噢。"男人说。然后他放在桌上的右手插进大衣口袋里，从里面拿出一个白色信封。在那之间左手一直放在桌上。一个毫无特征的办公用雪白信封。"所以请你不用说什么，把这收下。我想你大概也只是受人之托做这件事的吧，我也希望尽量方便地解决事情。还有多余的话希望你别说。你今天既没看到什么特别的事，也没遇到我。明白吗？如果让我知道你多说了什么，我无论如何都会找到你。从今以后请不要再跟踪她了。你也不想让彼此过不去吧，不是吗？"

男人这样说完，把信封往我这边一推，站了起来，然后把账单抢过去似的拿起来，就大步走出咖啡店。我惊呆着被留下来，就那样安静地坐在那里一阵子。然后拿起桌上的信封，看看里面。信封里装了十张一万圆的钞票。一点折痕都没有，全新的万圆大钞。我嘴巴里干干渴渴的。我把那信封放进大衣口袋里，走出咖啡店。然后看看周围，确定那个男人的影子已经消失无踪之后，招了一部计程车回到涩谷。

那件事到此为止。

我还带着那装有十万圆的信封。我把它封起来收进抽屉里。我在每次睡不着的夜里，经常会想起他的脸。简直就像不祥的预言，每次有事情的时候，就会在脑子里苏醒过来。那个男人到底是谁？而那个

国境之南，太阳之西

女人是岛本吗？

那次之后，我把那整件事情做了几种假设。那就像没有正确答案的拼图游戏一样。我设定假设，然后又再推翻，这样的过程重复了好几次。那个男人是她的情人，他们以为我是她丈夫雇的私家侦探暗中在调查他们的行踪——那是我所建立的最具说服力的假设。而且男人想用金钱来封住我的嘴。或者他们两个人在我开始跟踪之前，在某个饭店里幽会过，以为被我目击了。这是十分有可能的，也说得通。不过虽然如此，我还是不能打内心认同这个假设。这里面还留有几个疑问。

他说只要想做就做得出的几件事到底是属于哪一类的事呢？为什么他会用那样奇怪的方式抓住我的手臂呢？为什么那个女人知道我在跟踪她，却不搭计程车走掉呢？只要搭上计程车立刻就可以甩掉我的。为什么那个男人也不确认我是谁，就能若无其事地拿出十万圆那么高额的金钱呢？

不管怎么想，都只留下深沉的谜。我常常会想，那时候发生的事，会不会都只是我自己的幻觉所产生的呢？那会不会从头到尾都是我自己在脑子里想出来的呢？或者我做了一个非常真实的梦，而那梦披上现实的外衣紧紧附着在头脑里呢？不过，那是真实发生过的事。因为事实上书桌里面有一个白色信封，信封里面还放着十张万圆钞票啊。那正是一切都真实发生过的证据。那是真实发生过的。我常常把那信封放在桌上出神地凝视着。那是真实发生过的。

7

三十岁时我结婚了。暑假里我一个人去旅行时遇见了她。她比我小五岁。我在田间小路散步的时候,突然下起猛烈的大雨,我正跑进一个地方避雨时,碰巧她和她的女性朋友也在那里。我们三个人都淋得湿淋淋的,在那样的随意情况下,我们聊着各种闲话,等候雨停的过程中,逐渐熟悉起来。如果那时候没下雨的话,或者我那时候带了伞的话(那是很有可能的事,因为我在走出饭店时,为了要不要带伞,还相当犹豫了一阵子),我就应该不会遇到她了。而且如果我没有遇到她的话,我现在很可能还在教科书出版公司上班,一到夜晚就一个人靠在公寓房间的墙壁上,一面自言自语,一面喝着酒也说不定。一想到这件事,我就领悟到一个事实,那就是我们真的只能活在极有限的可能性中。

我和有纪子(这是她的名字)第一眼就互相吸引了。在一起的另外一个女孩子长得更漂亮,但我却被有纪子吸引了。而且是不可理喻的强烈吸引。那是我长久以来已经没有感觉过的吸引力。因为她也住在东京,所以我们旅行回来之后,还约会过几次。每约会一次,我就

国境之南，太阳之西

更喜欢她一些。她说起来相貌算是平凡的。至少不是那种走在路上男人会上前搭讪的类型。不过我在她脸上能够清楚地感觉到"为自己而存在的东西"。我喜欢她的脸。我每次看到她，就会一直盯着她的脸看好久。我强烈地爱上了那里面看得见的某种东西。

"干吗一直盯着我看？"她问我。

"因为你很漂亮啊。"我说。

"你是第一个这样说的人。"

"只有我知道，"我说，"不过我真的知道。"

刚开始，她不太相信我说的话。但是不久以后就渐渐相信了。

我们每次见面，就两个人走到某个安静的地方，去谈各种事情。我对她可以坦白真诚地说出一切。跟她在一起，我可以深刻地感觉到这十多年里自己所持续丧失的东西有多么沉重。这些岁月我几乎完全无谓地浪费了。不过还不迟，现在还来得及。在还没变得太迟之前，不能不尽量挽回一些。抱着她的时候，我可以感觉到令人怀念的内心震撼。和她分开之后，我心情又变得非常无依而寂寞。孤独伤害着我，沉默令我心焦。于是在连续约会了三个月左右之后，我向她求婚。那是在我三十岁生日的一个星期之前。

她父亲是一家中型建筑公司的社长。相当有意思的人，虽然几乎没受过什么正规教育，但是对工作却很有办法，学到了所谓他自己的一套哲学。虽然有时候太强硬了，我无法赞同，但却很佩服他那种洞察力。这种人，我这辈子还是第一次遇到。而且以一个有司机开奔

66

驰车的人来说，他也没有什么架子。我去拜访他，跟他说我想和小姐结婚，他只说："你们已经都不是小孩子了，只要彼此喜欢，就结婚吧。"从一般世俗的观点来看，我只是一个在不怎么起眼的公司上班的不怎么起眼的上班族而已，而这些事情对他来说，好像都可以。

有纪子有一个哥哥、一个妹妹。哥哥预定接掌父亲的公司，正在那里上班当副社长。虽然人品不错，但比起父亲来影子似乎淡了一点。兄弟姊妹之中，大学生妹妹是最外向而豪爽的，习惯命令别人。让人感觉由她来继承父亲的事业似乎更合适。

结婚半年后，岳父把我叫去，问我有没有打算辞掉现在的工作。因为他从我妻子那里听说，我不怎么喜欢那家教科书出版社的工作。

"辞职是完全没有问题，"我说，"问题是辞掉之后要做什么。"

"想不想在我们公司上班？工作也许辛苦一点，但待遇不错。"他说。

"我想我确实不适合编辑教科书，但我想大概更不适合建筑业吧，"我坦白回答，"虽然我非常高兴您能邀请我，但我想我如果去做不合适的工作，往后终究只会为您添麻烦。"

"那倒也是。不合适的工作不要勉强做。"岳父说。他好像早就预料到我会这样回答似的。那时候我们正喝着酒。因为他的长男几乎不喝酒，所以他偶尔会找我一起喝酒。"不过我们公司在青山有一栋大楼，现在正在盖，下个月大概可以完工。地段好，建筑物也好，现在看起来虽然好像有一点偏僻，但今后很有发展潜力。有没有意思在那里做个什么生意呀？因为是公司的财产，所以租金和押金都要照行情收,不过如果你真的想做,需要多少资金我倒是可以借给你。"

关于这件事我试着考虑了一阵子,这是不错的建议。

结果我决定在那栋建筑物的地下室放爵士音乐,经营一家高级酒吧。因为我从学生时代起就一直在这样的店里打工,所以经营上的大部分专业知识都已经耳濡目染。该提供什么样的酒和餐点,该怎么设定顾客阶层,该播放什么样的音乐,室内该怎么装潢,头脑里已经有了大概的构想。有关室内装潢的工程全部由岳父一手负责。他带了最好的设计师和最好的装潢公司来,要他们以比行情便宜的价格做出相当精细的工程。完工后果然不同凡响。

酒吧的生意远比预料中好,两年后同样在青山又开了另一家店。这是一家附有钢琴演奏的更大规模的店。虽然更费事,也投入了相当大笔的资金,但却是一家很有意思的店,来客也多。这样一来,我总算可以松一口气。我总算能够好好把握人家给我的机会并加以发挥。那时候我第一个孩子诞生了,是个女孩子。刚开始时我亲自在吧台里调鸡尾酒,但店增加为两家之后就不再有这个余裕了,于是我只专注于店的管理和经营。我交涉进货,确保人手,管理账簿,注意让一切事物能够顺畅运行。构想各种创意,并立刻付诸实施。餐饮的菜单也自己试着做各种尝试。虽然以前没发现,但我似乎蛮适合这样的工作。我喜爱从零开始做出一点什么,然后再把那做出来的东西花时间仔细地改良。那是我的店,也是我的世界。那种喜悦,绝对不是在教科书出版公司做校对时所能体验到的东西。

　　我在白天做完各种杂事，一到晚上就到两家自己的店里绕一圈，一面在吧台尝尝鸡尾酒，一面观察顾客的反应，检查员工的工作态度，听听音乐。虽然每个月继续偿还岳父的贷款，但还是有相当的收入。我们在青山买了四房二厅的房子，买了宝马320的车子。然后生了第二个孩子，也是一个女孩子。我变成两个女儿的父亲。

　　三十六岁时，我在箱根拥有了一栋小别墅。妻为了方便自己购物和接送孩子买了一部红色吉普车。两家店的收益都提高了，其实有能力开第三家的，但我并不打算再多开分店。因为店一增加，很多细节可能都会顾不到，恐怕光是管理就要累坏了。而且我也不想为了工作再多牺牲自己的时间。于是我和岳父商量，他劝我把多的钱拿来投资股票和不动产。这样应该既不费事也不花时间。不过我对股票和房地产都可以说完全一窍不通。我这样一说，岳父就说："细节交给我来就行了。只要照我说的去做就没错。这种事情自有它的诀窍。"我照他说的去投资，在短期内就获得了相当大的收益。

　　"你看，明白了吧？"岳父说，"每件事情都自有它的做法。如果你还在公司上班，一百年也没这么顺利。要想成功，是需要一点幸运，也需要头脑好。这是当然的。不过光是这样还不够。首先需要资金。如果没有足够的资金，什么也办不成。不过比这更重要的，是知道做法。如果不懂得做法，就算其他万事俱备，还是一筹莫展。"

　　"对呀。"我说。我非常了解岳父想要说什么。他所谓的"做法"，指的是他到目前为止所建立的系统。吸收有效的资讯，建立人际关系网，这是投资和提高收益所需的健全而复杂的系统。收进来的钱有时候必须巧妙地钻各种法律漏洞、税金漏洞，或变更名义，变换形式，以便增值下去。他正想要教给我这些系统的存在。

确实如果我没有遇到岳父的话，或许现在还在编辑着教科书，而且还住在西荻洼不起眼的房子里，还开着冷气不怎么灵的中古丰田卡罗拉吧。我想我确实在他给我的条件里表现得相当不错。我在短期内让两家店上了轨道，总共用了三十名以上的员工，获得远超过水准的收益。经营好得让会计师都要佩服，店的评价也很好。虽然这么说，但拥有这种程度才能的人世上多得是。就算不是我，也还有别人能够做到这些。可是没有岳父的资金，还有那"做法"的话，我一个人什么也做不成。想到这里，我不得不感到心情恶劣。好像只有自己一个人是走了不正当的捷径，使用不正当的手段，来达到图利的目的似的。我们是从六十年代后半到七十年代前半，参与过激烈的学生斗争的一代呀。不管喜不喜欢，我们都经历过那个时代。极概略地说来，那是高声抗议战后曾经存在过的理想主义，被更高度化、更复杂化、更洗练化的资本主义理论所持续贪婪吞噬的时代。至少我是这样认知的。虽然那是在社会转型期类似激烈发烧的东西，然而现在我所处的世界，已经是根据更高度的资本主义理论所建立的世界。结果，我在不知不觉中被这个世界完全吞没了。当我正握着宝马的方向盘，一面听着舒伯特的《冬之旅》，一面在青山道等候红绿灯时，忽然想到：

这好像并不是我的人生啊。简直就像在某个人为我预先安排的地方，依照某个人为我预先安排好的方式生活似的。到底这个所谓我的人，到哪里为止是真正的我，从哪里开始不再是我呢？握着方向盘的我的手，到底到哪个部分是真正的我的手呢？这周遭的风景，到底到什么地方为止是真正现实的风景呢？我越想下去越糊涂。

不过我想大致上我可以说是过着幸福的日子。我没有什么称得上不满的东西。我爱我的妻子。有纪子是个安稳而深思熟虑的女人。她生育之后有点开始发胖，减肥和运动变成她所关心的重要事情。不过，我觉得她依然还是美丽的。我喜欢和她在一起，也喜欢和她睡觉。她身上有某种能够抚慰我、令我安心的东西。我不管发生什么事，都不想重新再回到二十几岁时那种孤独寂寞的生活了。我想这就是我的地方了。只要在这里，我就是被爱着、被保护着。而且同时我也爱着、保护着妻和女儿。这对我完全是崭新的经验，自己能够站在这样的地方继续活下去，是一个没有预料到的新发现。

我每天早上开车送大女儿去私立幼儿园上学，用车上的音响放儿歌两个人一起唱。然后回到家，在去附近租的小办公室之前，先和小女儿玩一阵子。夏天的周末，四个人到箱根的别墅去住。我们看看烟火，在湖上坐坐船，在山路上散散步。

在妻怀孕的时候，我曾经有几次小小的外遇。不过那并不严重，而且也没持续多久。我和同一个对象只睡过一次或两次。顶多三次。说真的，我甚至连自己有外遇的明确自觉都没有。我所要求的只是

"和某人睡觉"这行为本身，我想那些女人所要求的也是同样的东西。我避免更深入的交往，因此慎重选择对象。我那时候或许想借着和她们睡觉，做某种试探吧。自己能从她们身上找到什么、她们能从我身上找到什么之类的。

第一个孩子生下不久之后，我收到老家转来的一张明信片。那是一张葬礼答谢的明信片。上面写着女人的名字。那个女人三十六岁去世。但我想不起那个名字。邮戳是名古屋。但名古屋我没有一个认识的人。不过想了一会儿之后，终于想到那个女的是以前住在京都的泉的表姐。我完全忘了她的名字。她的老家是在名古屋。

那张明信片不用想也知道是泉寄来的。除了她以外没有人会寄那样的东西到我这里来。不过泉为什么要寄那样的通知来呢？刚开始我并不明白。不过看了几次那张明信片之后，我终于能够读出那里面她坚硬而冷漠的感情来。泉还没有忘记我所做的事，也没有原谅我。而且她想告诉我这件事。为了这个泉才寄了这张明信片给我。泉现在一定不怎么幸福吧。我大概可以明白。如果她现在幸福的话，应该不会寄这样的明信片来我这里。否则就算寄来，也该会附注一句什么讯息或说明吧。

其次我想到她表姐的事。想起她的房间和她的肉体。想起激烈的性交。这些事情过去曾经那么活生生地存在过，而现在都完全不存在了。那些就像被风吹散的烟一样地消逝了。我也不知道她是怎么死的。三十六岁不是一个人会自然死亡的年龄。而且她的姓还和以前一样。是没结婚,还是结了婚又离婚了呢?

告诉我泉的消息的是我高中时代的同班同学。他看了刊登在《BRUTUS》杂志"东京酒吧指南"专题报导上我的照片,知道我在青山开店。他走到我坐的吧台边来说,好久不见,还好吗?虽然如此,但他并不是特别来看我的。只是和同事来喝酒,正好我在那里,于是过来招呼一声。

"这家店我以前就来过几次,地点也离我公司近。不过我完全不知道是你开的。世界真小啊。"他说。

高中时候,我算起来多少是有点跟班上同学疏离的存在,而他成绩好,体育又行,不用说是属于班级干部那一型的。他个性稳重,不会太聒噪,可以说是个给人感觉蛮好的男人。他参加足球队,本来体格就很高大,现在又加上相当分量的赘肉。都快变双下巴了。身上穿的深蓝色三件式西装,腰部多少显得有些紧绷。这也都是因为接待应酬的关系,他说。实在不该到商社上班的。经常要加班,要应酬,动不动就调动,业绩不好会被炒鱿鱼,业绩好又会被加重责任配额,真不是平常人干的事啊。因为他公司就在青山一丁目,所以下班的时候,可以走路到我店里来。

我们谈了一些作为高中时代的同班同学隔了十八年之后一见面会谈的那些话。工作怎么样了啊,结婚以后小孩有几个啊,跟什么人在什么地方碰见过之类的。这时候他提起了泉。

"你那时候交过一个女朋友,对吗?经常在一起的女孩子。是姓大原的女孩子吧。"

"大原泉。"我说。

"对对,"他说,"大原泉。上次我遇到那个女孩子噢。"

"在东京吗?"我吃惊地说。

"不,不是。不在东京。在丰桥。"

"丰桥?"我更吃惊地说,"丰桥,那个爱知县的丰桥?"

"对呀。那个丰桥啊。"

"真不明白,为什么会在丰桥遇到泉呢?为什么泉会在那样的地方呢?"

那时候他在我的声音中,好像听出什么僵硬的东西来了。"不知道为什么啊。总而言之我在丰桥遇到她,"他说,"唉,也没怎么样啦。是不是真是她都不确定呢。"

他又点了第二杯野火鸡威士忌加冰块。我喝着伏特加螺丝起子。

"不怎么样也好,说来听听吧。"

"不过,说起来还不只这样呢,"他以好像有点困惑似的声音说,"说不怎么样的意思,也就是,有时候会觉得那好像不是真实发生过的事。那种感觉非常奇怪的。简直就像做了一个非常真实的梦一样。应该是真实发生过的事,但不知道为什么,却不觉得是现实中的事噢。我实在很难说清楚。"

"不过那是真实发生过的事,对吗?"我问。

"是真实发生过的事。"他说。

"那我想听听看。"

他好像只好答应似的点点头,喝了一口端过来的威士忌。

"我之所以到丰桥去,是因为我妹妹住在那里。我有事情到名古屋出差,事情在星期五办完之后,我想到丰桥的妹妹家住一夜再回来。就在那里遇见了她。我搭上妹妹住的大厦电梯时,她就在那里面。我想怎么有这么像的人呢?不过没想到那真的是大原泉。真的没想到会在丰桥的妹妹住的大厦电梯里遇到她。而且长相也变了许多。为什么会立刻知道是她呢,连我自己也不明白。一定是类似第六感之类的吧。"

"不过真的是泉,对吗?"

他点点头。"她正好和我妹妹在同一层楼。我们在同一层楼下了电梯,往走廊的同一方向走。然后她走进妹妹家的前面两个门里去。我心里好奇,看了一看门上的名牌。上面写着大原。"

"她没认出是你吗?"

他摇摇头。"我跟她虽然同班,但并不特别熟,没有亲密谈话的交情,而且我跟那时候比起来体重增加了二十公斤之多,没有理由认出来呀。"

"不过真的是大原泉吗?大原这个姓并不很稀奇,长得像的人也不少啊。"

"就是啊,我也这么想,所以我就试着问我妹妹,那个姓大原的到底是什么样的人。于是我妹妹拿大厦住户名簿给我看。对呀,不是经常有的吗？比方墙壁要重新油漆啦，决定这些事情的时候，那上面写着全体住户的姓名。上面就写着大原泉哪。是片假名的泉喏。姓是大原，而名字是用片假名写的泉，这应该就不太多了。"

"这么说，她还是单身的啰？"

"妹妹对这点也不清楚，"他说，"大原泉在那栋大厦里是个谜一样的人。谁都没有跟她说过话。在走廊碰到的时候，跟她打招呼也不理人。有事情按她门铃时她也不出来，在家也不出来。好像在邻居之间人缘并不好的样子。"

"喂，那一定认错人了吧。"我说。然后一面笑着一面摇头。"泉不是这样的女孩。以她的个性，就算没有必要，遇到人也会笑眯眯地打招呼的啊。"

"OK。我想大概认错人了，"他说，"同名不同人。总之不谈这个了。没什么意思。"

"不过那个大原泉是一个人住在那里吗？"

"我想是。听说没人看见有男人进出过。谁也不知道她靠什么维持生计。一切都是个谜。"

"那，你是怎么想的？"

"什么怎么想？"

"她的事情啊，关于那个不知道是不是同名异人的大原泉哪。在电梯里看到她的脸，怎么想？也就是说，看起来很好呢，还是好像不太好呢，这方面？"

他考虑了一会儿。"不错啊。"他说。

"怎么个不错法？"

他拿起威士忌酒杯发出咔啦咔啦的声音摇晃着。"当然她也一样上了年纪。那倒也是，已经三十六岁了嘛。我和你也都三十六了。新陈代谢都迟缓了，肌肉也松弛了，不能永远还是高中生啊。"

"那当然。"我说。

"我们不要再谈这个了，好吗？反正可能是认错人嘛。"

我叹了一口气。然后把双手放在吧台上看着他的脸。"可是，我想要知道，不能不知道。说真的，我和泉在高中毕业以前，以相当糟糕的方式分手。我做了一件很不寻常的事，伤害了泉。然后从此以后我就没办法知道她怎么样了。她现在在什么地方、在做什么，我完全不知道。这件事一直梗在我心里。所以不管怎么样都可以，哪怕是好事也好，是坏事也罢，希望你能坦白告诉我。我想你一定知道那就是大原泉，对吧？"

他点点头。"既然这样，那我就说。不会错噢。就是她。我只是觉得对你抱歉。"

"那么她到底是怎么样了？"

他暂时沉默了一会儿。"喂，我希望你能够了解，我也是同班同学，我觉得那女孩蛮可爱的，是个好女孩噢。个性好，长得也可爱。虽然并不特别漂亮，但怎么说好呢，有她的魅力。她有能够抓住人心的东西，对吗？"

我点点头。

"真的可以说实话吗？"他说。

"可以呀。"我说。

"不过也许有点不好受噢。"

"没关系。我想知道事实的真相。"

他又喝了一口威士忌。"我看你一直跟她在一起觉得很羡慕。我也很想要有一个那样子的女朋友。事到如今，已经可以坦白说出来了。所以她的脸我记得很清楚。好像烙印在脑子里一样。所以十八年后突然在电梯里遇见，我就立刻想起来了。换句话说，我想说的是，我没有任何理由说这女孩的坏话。那对我来说也是一个小小的打击呀。我也不愿意承认那样的事实，不过有一点我可以确定，就是那女孩已经不可爱了。"

我咬咬嘴唇。"怎么个不可爱法？"

"那栋大厦里的孩子有好多都怕她呢。"

"怕她？"我说。我不太明白地注视着他的脸。这个男人大概选错了字眼吧，我想。"你到底指什么呢？怎么说怕她呢？"

"喂，这件事真的不要提了，好吗？我实在一开始就不该说的。"

"她对孩子们说了什么吗？"

"她没有对任何人说过什么。就像我刚才已经说过的。"

"那么小孩子是害怕她的脸吗？"

"是啊。"他说。

"是不是有疤痕呢？"

"没有疤痕。"

"那么有什么可怕的？"

他喝了一口威士忌，把杯子轻轻放在桌上。然后一直盯着我的脸看了一会儿。他似乎有点困扰，也好像有点迷惑。不过除此之外，他脸上还露出某种其他的特别表情。我忽然可以从那里认出像高中时代的面貌似的东西。他抬起头一直注视着远方。好像要看穿河流正在流去的前方似的。然后他说："我没办法解释清楚，而且也不想解释。所以请不要再多问我了。你如果自己亲眼看见，就会明白。而且要对一个没有实际看见的人解释是不可能的。"

我不再多说什么，点点头，只是啜了一口伏特加螺丝起子而已。虽然他的口气很平静，但却有一股对再多追问的强烈抗拒。

然后他谈到因工作上的关系调到巴西两年。真难以相信吧，我在圣保罗还遇见初中时候的同班同学，他是丰田汽车的工程师，在圣保罗工作。

不过我当然几乎没在听那些。临走时，他拍拍我的肩膀。"唉，岁月这东西是会让人改变很多的。我不知道那时候你跟她之间发生过什么。不过不管发生了什么，那都不是你的错。虽然程度各有不同，但每个人都有那种经验。我也一样，没骗你，我也有过同样的感觉。不过那是没办法的事啊。不管是谁的人生，终究是那个人的人生。你不可能代替那个人去负责任哪。这里就像沙漠一样，我们都只能去适应、去习惯它。小学时候不是看过迪士尼的电影《沙漠奇观》吗？"

"是啊。"我说。

"就跟那个一样。这个世界就跟那个一样啊。雨下了花就开，雨不下花就枯萎。虫被蜥蜴吃，蜥蜴被鸟吃。不过不管怎么样，大家总有一天都要死。死了就变尸体。一个世代死掉之后，下一个世代就取而代之。这是一定的道理。大家都有不同的活法、不同的死法。不过那都不重要。最后只有沙漠留下。真正活着的只有沙漠而已。"

他回去之后，我坐在吧台一个人喝酒。店打烊了，客人都走了，员工整理好东西，打扫完毕也都回去之后，我还一个人留在那里。我不想就这样立刻回家。我打电话给妻，说今天店里有点事会晚一点回去。然后把店里的照明熄掉，在黑漆漆中喝着威士忌。要拿冰块嫌麻烦，就那样喝纯的。

大家都要一一消失掉，我想。有些东西像被切断一样咔一声消失，有些东西需要花一些时间像云烟一样慢慢散去。然后最后只有沙漠留下。

黎明之前走出店门时，青山道上正下着细雨。我非常疲倦。雨无声地濡湿了像墓石般静悄悄的大楼群。我把车子留在店里的停车场走着回家。途中一度在路边的栏杆上坐了一会儿，眺望一只在红绿灯上叫着的大乌鸦。凌晨四点的街道看起来非常落魄、肮脏。到处充满了腐败和残破的影子。而且那里面也包含我自己的存在。简直就像烙在墙壁上的影子一样。

8

　自从《BRUTUS》杂志刊登了我的名字和相片之后,十天左右之内有几个以前认识的人到店里来看我。一些初中或高中的同班同学。在那之前,每次我到书店,看见放在那里数量庞大的杂志时,都会很不可思议地想到底有谁会一一读这些呢? 不过自己上了杂志之后才知道,人们比我想象中更热心地读着杂志。我刻意观察了一下,无论在美容院、银行、咖啡店、电车,还是在其他所有的地方,人们都像着了魔似的手拿着杂志在翻阅。或许人们因为害怕什么也没做地消磨时间,所以不管什么都好,只要手边有东西,就拿起来读。

　跟从前的朋友重逢,结果并不能说多愉快。并不是不喜欢和他们见面谈话,当然我也很怀念从前的朋友,他们见了我也很高兴。只是最后他们所提到的话题,对现在的我来说,都已经无所谓了。故乡的城镇变成什么样子,其他同班同学现在都走上什么样的道路,我对这些已经完全不感兴趣。我和过去自己所在的地方和时间已经距离太遥远了。而且不管他们嘴上谈到什么,都令我想起泉。每次有关故乡地方上的话题一出现,我就会想起泉在丰桥的小住宅大厦里一个人静悄悄过日子的情景。她已经不可爱了，他说。孩子们都怕她，他说。这两句话，一直不断在我脑子里回响着。而且泉到现在一直都没有原谅我。

杂志登出来之后有一段时间，虽说对店里生意有广告作用，但我自己却真的很后悔太轻易就接受这种采访。我不希望泉读到这样的报导。泉如果知道我没有背负任何伤痕，而能这样轻松顺利地过着好日子，她的心情会怎么样呢？

不过经过一个月之后，逐渐没有人特地来看我了。这是杂志的好处。让你一夜之间成名，不过也在一转眼之间就被遗忘了。我总算松了一口气。至少泉没有说什么。我想她一定没读过《BRUTUS》。

不过经过一个半月，正当我几乎已经忘了杂志的事时，最后一个朋友终于来到我这里。那就是岛本。

她在十一月初的星期一晚上，到我经营的爵士酒吧（店名叫作"知更鸟巢"。我以一首喜欢的老歌名字取的）吧台，一个人安静喝着代基里酒。我也一样在吧台离她三个位子的地方坐着，但我一点也没有注意到那是岛本。甚至还感觉店里来了一位相当漂亮的女客人。从来没见过的客人。如果以前见过一定还会记得，是那么醒目的女人。我想不久她等的人就会来了吧。当然女客人并不是不会一个人来。她们之中有些是预期男客人会来搭讪的，有时候还这样期待。看样子大概可以知道。不过根据经验，真正漂亮的女人绝对不会一个人来喝酒。对她们来说，被男人搭讪并不算什么乐事。对她们来说，那只有嫌烦而已。

所以那时候我几乎没去注意那个女的。只是刚开始瞥了一眼，然后偶尔不经意地看过几次而已。她化了淡淡的妆，穿着很有品味、看起来很昂贵的衣服。蓝色绸缎连衣裙上面罩一件浅米色羊绒开衫。简直像洋葱薄皮一样轻的开衫。并在吧台上放着一个和连衣裙颜色非常搭配的皮包。年龄看不出来。只能说是恰到好处的年龄。

她虽然美得令人注目，但看起来又不像是女明星或模特儿。我店里也经常有那些人会来露面，但她们总会意识到自己暴露在别人眼里，那种不寻常的气氛暗中在她们身边飘散着。不过那个女人却不一样，她非常自然地放松着，和周围的空气很亲密。她的手在吧台上托着腮，侧耳细听钢琴三重奏的演奏，好像在吟味一篇美好的文章一般一点一点地喝着鸡尾酒。而且视线偶尔朝我的方向瞟过来。我的身体清楚地感觉到几次那视线。不过我并不认为她真的在看我。

我和平常一样穿着西装，打着领带。阿玛尼的领带和SOPRANI UOMO的西装，衬衫也是阿玛尼的。皮鞋是Rossetti。我并不特别讲究服装。基本上我认为在服装上花超出必要的钱是很蠢的。日常生活里，只要牛仔裤和毛衣就够了。不过我也有我的小小哲学。所谓店铺经营者，如果希望到自己店里来的客人都能这样穿的话，那么自己也应该这样穿。因为我这样做，所以客人也好，店员也好，都会产生适度的紧张感。所以我到店里露面时，都刻意穿高价的西装，一定打

国境之南，太阳之西

领带。

我一面在店里试着尝尝鸡尾酒的滋味，注意着店里的客人，一面听听钢琴的演奏。刚开始店里还很多人，但九点过后开始下起猛烈的雨，客人一下就不来了。到十点钟只有数得出的桌子有客人。不过那女的还在，一个人默默喝着代基里酒。我渐渐注意起她来。她好像并没有在等人。她既没有看手表，也没有看门的方向。

终于看到女人拿起皮包滑下座位。时刻已将近十一点。如果搭地铁回家应该是可以动身的时候了。不过她并没有走。她慢慢若无其事地朝这边走，在我旁边的座位上坐下来。微微飘来香水的气味。她身体坐定之后，从皮包里拿出沙龙香烟盒，嘴上含了一根。我眼角约略捕捉到她那样的动作。

"很棒的店喏。"她对我说。

我从看着的书上抬起头来，不太明白地看着她。不过就在那同时，我感觉好像被什么打中了似的，胸中的空气突然一下子变得好沉重。我想到吸引力，这就是那吸引力吗？

"谢谢。"我说。她大概知道我是这里的经营者吧。"很高兴你喜欢。"

"嗯，非常喜欢。"她好像要探视我的脸似的，微微笑着。很漂亮的微笑。嘴角往两边一牵，眼睛旁边便挤出了有魅力的皱纹。那微笑让我想起了什么。

"演奏也很棒。"她指着钢琴三重奏说。"对了，你有火吗？"

她说。

我既没带火柴也没带打火机。我叫服务生拿火柴来。然后在她含着的香烟尖端点着火。

"谢谢。"她说。

我从正面看她的脸。然后这时候我才终于注意到,原来她是岛本。"岛本。"我声音干哑地说。

"花了相当长的时间才想起来噢,"她停了一会儿之后,才觉得很奇怪地说,"真是长,我还以为你永远也看不出来了呢。"

我很久很久,简直像面对着除了传说之外从来没听过的极稀奇的精密机器一样,没话说地凝视着她。在我眼前的确实是岛本。不过我无法把那事实当成事实。到那时候为止,我实在持续想岛本想太久了。而且以为我再也不可能遇见她了。

"很棒的西装,"她说,"非常适合你。"

我只是默默点着头。嘴巴没办法好好说话。

"喂,阿始啊,你比以前英俊多了。身体也很强壮。"

"我在游泳,"我终于能够发出声音,"中学时候开始,然后一直游到现在。"

"能够游泳一定很快乐噢。我从以前就一直这样想。会游泳一定很快乐。"

"是啊。不过,只要学习,谁都能游啊。"我说。不过这样一说完的刹那,我就想起她脚不好的事。我到底在说什么嘛,我想。我很混乱，想要说点什么比较好的事情，不过却说不出什么来。我手伸进西装裤口袋里找香烟盒。然后才想起自己五年前已经戒烟了。

岛本什么也没说地一直注视着我那动作。然后举起手向服务生点了新的一杯代基里酒。她向人拜托事情时，总是灿然微笑。那真是很棒的笑脸。让人想把那边所有的一切都放在托盘上端过去给她似的笑脸。别的女人也一样做的话，或许会惹人厌。但她一微笑，就好像整个世界都在微笑似的。

"你现在还穿蓝色的衣服啊。"我说。

"是啊。我从以前就一直喜欢蓝色的衣服。你还记得很清楚嘛。"

"关于你的事我大多记得。连削铅笔的方法、喝红茶放几块方糖都记得。"

"放几块？"

"两块。"

她眼睛稍微眯细一点看着我的脸。

"嗨，阿始啊，"岛本说，"你为什么那时候要跟踪我呢？我想大概是八年前的事了吧？"

我叹了一口气。"我不知道那是不是你。走路的样子和你一模一样。不过又觉得好像不是你。我没有信心。所以跟在后面。并不是跟踪。我想找机会开口啊。"

"那你为什么不开口呢？为什么不直接确认呢？如果那样，事情不是比较快弄清楚吗？"

"为什么没那样做，我自己也不明白，"我坦白说，"不过那时候就是无论如何也做不到。声音本身出不来呀。"

她稍稍咬着嘴唇。"那时候，我没发现那个人就是你。我一直觉得有人在跟踪我，头脑里只觉得好恐怖。真的。非常害怕噢。不过搭上计程车过了一会儿，松了一口气之后，才突然想到，那个人说不定是阿始啊。"

"岛本哪，"我说，"那时候有个东西还在我那里。我不知道那个人跟你什么关系，不过他那时候给我——"

她举起手指放在嘴巴上。然后轻轻摇摇头。好像在说，不要再提那件事了，拜托永远不要再问我那件事。

"你结婚了吧？"岛本好像要改变话题似的这样问。

"有两个孩子，"我说，"都是女孩，不过还小。"

"真棒。我想你还是适合女孩子。如果问我为什么，我也说不出理由来。不过总觉得是这样，女孩子比较合适吧。"

"会吗？"

"有一点，"岛本说着微笑起来，"不过总而言之，你决定不让你的孩子成为独生子女啊？"

"并没有特别这样打算。只是顺其自然就变成这样而已。"

"感觉怎么样呢，有两个女儿？"

"有一点奇怪。老大上的幼儿园里，半数以上的孩子都是独生子女呢。跟我们小时候不同，时代完全变了。都市里独生子女反而是理

国境之南，太阳之西

所当然了。"

"我们一定是出生的时代太早了。"

"也许。"我说。然后笑笑。"或许世界正在接近我们。不过看孩子们每次在家都是两个人一起玩，常常会觉得不可思议起来。会很佩服居然也有这种长大方式啊。因为我从小就是经常一个人玩的，所以我以为小孩子都是一个人自己玩的。"

钢琴三重奏演奏完《Corcovado》之后，客人就啪啦啪啦地鼓掌。虽然每次都这样，但越接近深夜，演奏会就会逐渐变得越投入，变得越亲密。钢琴师在一曲和一曲之间，拿起了红葡萄酒，而贝斯手则点起香烟。

岛本喝了一口鸡尾酒。"阿始啊，说真的，我犹豫了很久不知道要不要来这里呢。几乎犹豫了将近一个月，好烦恼呢。我不知道在什么地方翻阅杂志时，知道你在这里开店。刚开始还想有没有搞错。因为，过去实在看不出来你是经营酒吧的那一型。不过名字是你，照片上的脸也是你。好令人怀念的邻居阿始啊。其实我只要能够再看到一次你的照片也就非常高兴了。可是要见真实的你，是不是妥当呢，我实在不知道。我也觉得或许不见面对双方都会比较好。因为已经知道你现在这个样子过得很好，这样不是已经足够了吗？"

我默默听着她的话。

"不过好不容易知道你在这里了，就算看一下也好，于是就想到这里来看看。然后我坐在那边的椅子上，看着就在这边的你。我想如果你一直没发现我的话，我就默默地回去。不过不管怎么样，还是忍不住。太怀念了，实在不能不开口打个招呼。"

"为什么呢？"我说，"我是指，为什么你觉得不见我比较好呢？"

她一面用手指抚摸着鸡尾酒杯的边缘，一面考虑了一下。"我想如果你见了我，一定会想知道我的各种事情。例如结婚了没有啊，住在哪里呀，一直以来都在做什么啊，这一类的事，对吗？"

"或许自然会提到吧。"

"当然，我也认为这是谈话自然会提到的。"

"可是你不太想提这些，是吗？"

她好像有点困扰地微笑着，然后点头。岛本似乎很习惯于各种微笑方式。"对，这些事情我不太想谈。请不要问我理由噢。总而言之，我不想谈我自己。不过这确实不自然，有点怪，对吗？好像故作神秘似的，也有点装模作样似的。所以我想我还是不见你比较好。我不想让你觉得我是一个装模作样的奇怪女人。这是我不想来的理由之一。"

"其他的理由呢？"

"怕来了失望啊。"

我望着她手上拿的玻璃杯。看看她披肩的直头发，看看她形状美好的薄嘴唇。看看她深不见底的黑色瞳孔。然后看见那眼睑上有一道看起来似乎相当深思熟虑的微细的线。那线看起来好像遥远的水平线似的。

"因为我很喜欢以前的你，所以不希望现在因为看到你而失

国境之南，太阳之西

望啊。"

"我有没有让你失望？"

她轻轻摇摇头。"我从那边一直看着你。刚开始觉得你看起来好像变了一个人似的。变得好大，还穿着西装。不过仔细看看，还是以前的阿始。你知道吗，你的动作，跟十二岁的时候好像几乎没有改变呢。"

"我不知道。"我说。我想笑，可是却没办法好好笑。

"手的动作、眼睛的移动方式、用指甲咯咯咯地敲东西的老毛病、不开心的眉头皱起来的样子，跟以前一点也没改变。虽然穿起了阿玛尼的西装，但内在好像并没有什么改变的样子啊。"

"不是阿玛尼，"我说，"衬衫和领带是阿玛尼，但西装不是。"

岛本眯眯笑起来。

"嘿，岛本，"我说，"我一直很想见你。想跟你见面谈话。好多话想跟你说呢。"

"我也很想见你，"她说，"可是，你不来呀。你知道吗，上了中学你搬到别的地方之后，我一直在等你来哟。可是你怎么都不来呢？我非常寂寞，心里想你一定交了新的朋友，而把我忘掉了。"

岛本把香烟在烟灰缸揉熄。她的指甲擦了透明的指甲油。简直像做得极精巧的工艺品一样。光溜溜的，没一点多余。

"我很害怕啊。"我说。

"害怕？"岛本说，"到底害怕什么？我很可怕吗？"

"不是。不是怕你。我怕的是被拒绝。我还是个小孩。我没办法想象你在等我。我真的害怕被你拒绝。非常害怕到你家去玩，会让你嫌烦。所以渐渐就疏远了。我想如果去了而伤感情，还不如光是怀着过去和你真正亲密在一起时的回忆活下去比较好。"

她有点不解地歪着头。然后拨动着手掌上的腰果。

"事情没那么顺利啊。"

"没那么顺利。"我说。

"我们应该可以做更长久的朋友的。说真的，我上了中学以后，上了高中以后，上了大学以后，一直都没有一个称得上朋友的朋友。到哪里永远都是一个人。所以我每次都在想，如果你能在身边该有多好。就算不在身边，光能通通信也不错。我想如果能这样的话，很多事情就会不一样了。我想很多事情就会变得比较容易忍受了。"岛本停了一下沉默不语。"不知道为什么，不过我上了中学以后，无论怎么样在学校就是不顺。而且因为不顺，所以我好像就更把自己关闭起来。也就是所谓的恶性循环吧。"

我点点头。

"到小学为止我觉得还勉强过得去，可是上了中学就完全不行了。好像一直在井底下过日子似的。"

那也是我从上了大学之后，到和有纪子结婚之前的十年里，所一直感觉到的。曾经有一次不太顺利，于是那件不顺利的事，又引起另一件不顺利的事。而且状况只有继续无止境地恶化。不管怎么挣扎，都没办法逃出来。一直到有人来了,把你从那里拉出来为止。

"首先我的脚就不好,所以一般人能做的一般的事情,我却做不到。还有光是读书,对别人不太能够敞开心交往。除此之外怎么说呢,我外表蛮醒目的。所以大多数的人都以为我是一个精神上别扭而傲慢的女孩。或许事实上这也是真的。"

"或许你确实太漂亮了。"我说。

她拿出香烟含在嘴上。我擦了火柴点着它。

"你真的觉得我漂亮吗?"岛本说。

"真的啊。不过我想你一定经常被人这样讲。"

岛本笑笑。"没这回事。而且说真的,我并不怎么喜欢自己的脸。所以被你这样一说我非常高兴呢,"她说,"总而言之,大体上我并不怎么受女孩子欢迎,很遗憾。我想过好多次。我并不要被人家说漂亮,我只要变成一个极普通的女孩子,可以极普通地交上朋友就好了。"

岛本伸出手来,稍微接触了一下我放在吧台上的手。"不过真好。你能够过着幸福的日子。"

我沉默不语。

"你幸福吧?"

"幸不幸福,自己也不太知道。不过至少并不觉得不幸,也不觉得孤独。"我说。然后稍停一下补充道:"不过有时候我会不知道为什么忽然想起,在你家客厅里,两个人一起听音乐的时候,或许就是我一生中最幸福的时代了。"

"嘿，那些唱片我现在还一直留着呢。纳京高、平·克劳斯贝、罗西尼、《培尔·金特》，还有其他各种的。全部一张都不漏地保留着。我父亲死的时候，留下来做纪念的。因为每次都很小心地听，所以现在还完全没有瑕疵。我想你还记得我是怎么小心翼翼地处理那些唱片的吧？"

"你父亲去世了吗？"

"五年前直肠癌去世的。死得很惨。原来是那么健壮的一个人。"

我曾经见过岛本的父亲几次。感觉上就像长在他们家院子里的树一样坚固结实的人。

"你母亲还好吗？"我问道。

"嗯，大概还好吧。"

我发觉她的口气中含有某种弦外之音。"你跟你母亲处得不好吗？"

岛本把代基里酒喝干，玻璃杯放在吧台上，叫酒保过来，然后问我："嘿，推荐一下你们这里拿手的鸡尾酒吧？"

"我们有几种独创的鸡尾酒噢，有和店名相同的'知更鸟巢'，那最受欢迎。是我想出来的。以朗姆酒和伏特加为基调，口感相当好，不过相当容易醉。"

"听起来好像很适合用来追女孩子啊。"

"岛本哪，也许你不太清楚，不过所谓鸡尾酒这种饮料，大体上都是为这个而存在的噢。"

　　她笑了。"那么我就点这个吧。"

　　鸡尾酒端来后,她看了一会儿那颜色,然后轻轻啜了一口,暂时闭上眼睛,让身体适应那味道。"非常微妙的味道噢,"她说,"既不甜,也不辣。很清爽而简单的味道,不过好像有某种深度似的。我不知道你有这么灵巧的才能。"

　　"我连个柜子都不会做,车子机油滤网都不会换。连邮票都贴不直。电话号码也经常按错。不过却调出几种独创的鸡尾酒。评语还不坏呢。"

　　她把鸡尾酒的玻璃杯放在杯垫上,凝视了那杯子一会儿。她每倾斜一次鸡尾酒杯,映在那上面的天花板的吊灯灯光就微微摇动着。

　　"我和母亲已经很久没见面了。十年前发生了很多麻烦事,从此以后几乎就没再见面。虽然在父亲的葬礼上见了面。"

　　钢琴三重奏刚演奏完原创的蓝调曲,钢琴开始弹起《Star Crossed Lovers》的前奏。我在店里的时候,那位钢琴师经常会为我弹这首叙事曲。因为他知道我喜欢这首曲子。在艾灵顿公爵所作的曲子里,它并不是那么有名,而且曲子本身也并没有和我个人记忆有什么关联,但自从在某个场合听到这首曲子之后,有很长一段时间,我的心都一直被它吸引着。从学生时代开始,一直到在教科书出版社上班期间,每到夜晚就会一遍又一遍地重复播放艾灵顿公爵的 LP《Such sweet thunder》中的《Star Crossed Lovers》。那里面有约翰尼·霍奇斯敏感而质感优美的独唱。每次听到那慵懒无力而优美的旋律时,我脑子里就会浮现当年的事情。并不能算很幸福的时代,我抱着未能满足的心情活着。那时候的我,更年轻、更饥渴、更孤独。不过那真的是非常单纯,简直像研磨得透明澄清了的我。那时候,觉得所听过音乐的每一个每一个音符,所读过书的每一行每一行字,都好像渗透进身体里面去了。神经像楔子一样尖锐,我的眼睛好像含有能刺穿对方的锐利光芒。是那样一个时代。每次一听到《Star Crossed Lovers》,我总会想起那些日子里,每天映在镜子里的自己的眼睛。

"说真的,初中三年级时,我曾经有一次去看你。一个人实在寂寞得不得了啊,"我说,"我试着打电话,可是不通。于是我搭电车到你家去看看。可是门牌已经换成别人了。"

"我们在你搬家后的两年,因为父亲工作上的关系,搬到藤泽。就在离江之岛很近的地方。然后就一直住在那里,到我上大学为止。我搬家的时候,寄出一张明信片写了新地址,你没收到吗?"

我摇摇头。"如果收到了,我一定会写回信的啊。真奇怪。一定是在什么地方弄错了。"

"也许我们只是单纯的运气不好吧,"岛本说,"弄错的事太多了,每次总是错身而过。不过那些暂且不提了,还是说说你吧。你一直以来是怎么过的,说来听听吧。"

"没什么趣味呀。"我说。

"没趣味也好,我想听啊。"

国境之南，太阳之西

　　我大概地跟她说我到那时候为止自己走过什么样的人生。高中时代虽然交了女朋友，但却深深伤害了她。详细情形并没有一一提到，不过我说因为发生了一件事情，而那件事情伤害了她，并且同时也伤害了我自己。上了东京的大学，毕业之后进了教科书出版社。不过整个二十几岁，我每天都一直过着孤独的日子。也没有一个称得上朋友的人。我跟几个女性交往过，不过一点都快乐不起来。从高中毕业到将近三十岁遇到有纪子然后结婚为止，我从来没有一次真正喜欢过谁。我那时候经常想到岛本。想跟你见面，我每次都想就算只有一个小时也好，如果能跟你谈一谈不知道该有多么好。我这样说，她就微笑起来。

　　"你常常想到我吗？"

　　"是啊。"

　　"我也常常想你呢，"岛本说，"每次难过的时候，就觉得你对我来说，好像是这一辈子唯一的朋友。"然后她一只手托着腮支在吧台上，好像全身的力气都放松了似的，暂时闭上眼睛。她的手上没戴任何一个戒指。她的睫毛看得出偶尔微微地颤动。终于她慢慢张开眼睛，看看手表。我也看看自己的手表。时刻已经快接近十二点。

　　她手拿起皮包，以小动作从座位上下来。"晚安。很高兴能跟你见面。"

　　我送她到门口。"要不要帮你叫计程车？如果要搭计程车回去的话，下雨恐怕不容易叫到车。"我问她。

岛本摇摇头。"没问题。不用担心。这点小事我自己就可以办到。"

"真的没失望吗？"我问。

"对你吗？"

"对。"

"没有。没问题，"岛本笑着说，"请放心。不过这套西装，真的不是阿玛尼的吗？"

然后我发现岛本的脚比起以前没那么跛了。走得并不怎么快，仔细观察的话，也大概可以看出那其中含有技巧性的东西，不过她的步法几乎已经看不出有什么不自然的地方了。

"大概四年前手术治疗过，"岛本简直就像在解释似的说，"虽然实在无法说是完全治好，不过也没有以前那么严重了。尽管那手术很大，但总算还顺利。削了好多骨头，又接了一些。"

"不过很好啊。已经看不出脚不好了。"我说。

"是啊，"她说，"我想或许这样也好。虽然也许迟了一点。"

我在衣帽间领了她的大衣，帮她穿上。试着并排站在一起，她身高已经不显得那么高了。想到十二岁左右时，她的个子和我差不多，觉得有一点不可思议。

"岛本，还能跟你见面吗？"

"也许吧。"她说，然后嘴角稍微露出一点微笑。好像无风的日子，安静地升起的一小缕轻烟般的微笑。"也许。"

然后她打开门走出去。我在五分钟之后走上阶梯，走到路上看看。我担心她是不是能顺利招到计程车。外面还继续下着雨。岛本已经不在那里了。路上已经没有人影。只有路过的车子前灯在濡湿的路面渗出模糊的灯光而已。

或许我看到幻影似的东西了，我想。我就那样站在那里，一直望着路上下着的雨好久好久。我觉得自己好像再一次变回十二岁的少年。小时候，下雨的日子，我常常什么也不做地一直注视着雨。什么也不想地注视着雨时，会觉得自己的身体，好像逐渐一点一点地松开，快要从现实的世界脱落了似的。也许在雨中，有一种特殊的力量好像能把人催眠。至少那时候的我是这样感觉的。

不过那并不是幻觉。我回到店里时，岛本坐过的位子还留有玻璃杯和烟灰缸。烟灰缸里还有几根沾了口红印的烟蒂，还保持着刚才轻轻按熄时的形状。我在那旁边坐下，闭上眼睛。音乐的声响逐渐遥远，我变成一个人。在那温柔的黑暗里，雨还继续无声地下着。

9

　　然后过了相当久的时间，岛本都没有出现。我每天晚上都在"知更鸟巢"的吧台坐着度过漫长的时间。我一面看着书，一面偶尔抬头看一眼入口的门。不过她没来。我开始担心自己是不是对她说了什么不对的话，是不是说了什么多余的话伤害了她。我回想那天夜里自己嘴里说过的每一句话，回想她嘴里说过的话。不过并没想到什么特别不妥的事。或许岛本见了我，真的觉得很失望也不一定。这是非常有可能的。她是那么美丽，而且脚也不再跛了。她在我身上，已经看不出有什么对自己贵重的东西了。

　　那年就那样过去，圣诞节过了，新年来了。然后转眼之间一月也结束了。我变成三十七岁。我已经放弃，决定不再等她了。我变成只有偶尔才在"知更鸟巢"露一会儿面。一到那里，自然就会想起她，而且会在客人之间寻找岛本的影子。我会坐在吧台，翻开书，然后不知不觉地耽溺于漫无边际的胡思乱想。我发现我很难集中精神在什么事情上。

　　她说我对她而言是唯一的朋友。说是有生以来唯一的一个朋友。

我听到这话非常高兴。我想我们是不是又能重新做朋友呢？我想对她说好多事。而且想听她说关于这些事的意见。我想如果她不愿意提她自己的任何事，那也没关系。只要能跟岛本见面谈话，我就很高兴了。

不过她从那次以后就不再出现了。或许岛本太忙，所以没时间来和我见面。不过三个月也实在是太长的空白了。如果真的没办法来，也应该可以打一通电话的。结果她是把我给忘了吧，我想。我这样一个人对她来说，或许已经不再是多么重要的存在了。想到这里，我很难过。觉得好像心里开了一个小孔似的。她不应该说那样的话的。有些话是会永远留在人心里的。

不过二月初，同样也是下雨的夜里，她来了。无声而凝冻的雨。那一夜我正好有事，很早就到"知更鸟巢"来。客人带进来的伞，散发着冷冷的雨的气息。那一夜钢琴三重奏中，加进了次中音萨克斯风，一起演奏了好几曲。相当有名的萨克斯风手，客座上反应非常热烈。我坐在吧台角落平常习惯坐的位子上看着书，于是岛本无声地来到旁边的位子坐下。

"你好。"她说。

我放下书，看看她的脸。我不太相信她真的就在那里。

"我还以为你再也不会来这里了呢。"

"对不起，"岛本说，"生气了吗？"

"怎么会生气？我不会为这样的事情生气的。岛本哪，这里是店喏，客人都是想来的时候来，想回去的时候回去，我只有等人来的份哪。"

"不过总之很抱歉。我没办法好好解释，总之我没办法来这里。"

"很忙吗？"

"没什么忙的，"她以安静的声音说，"没有理由忙，只是没办法来这里而已。"

她的头发淋湿了。湿湿的前发垂下几缕在额头。我叫服务生拿新的毛巾过来。

"谢谢。"说着她接过那毛巾，擦擦头发。然后拿出香烟，用自己的打火机点火。也许因为淋了雨觉得冷，手指有些发抖。"雨很小，而且出来的时候本来打算搭计程车的，不过走着走着居然走了相当长的路。"

"要不要喝点什么热的东西？"我问。

岛本好像要窥探我的脸似的微微笑着。"谢谢，不过没问题。"

我看到那微笑，三个月之间的空白就在一瞬间全部忘了。

"你在看什么？"她指着我的书说。

我把书给她看。那是一本历史书。写越南战争之后，中国和越南之间的战争。她啪啦啪啦地翻阅一下还给我。

"已经不太看小说了吗？"

"小说也还看哪。不过没有以前看得那么多，而且对新小说我几乎什么也不知道。看的都是旧小说。几乎都是十九世纪的小说。而且多半还是以前看过的重新再看。"

"为什么不看新的东西呢?"

"大概是不喜欢失望的感觉吧。要是看了无聊的书,觉得好像把时间浪费掉了。而且会非常失望。以前不会这样,时间多得是,就算觉得读了无聊的东西,也好像能从那里面得到一点什么似的。多多少少。不过现在不一样了。只会觉得浪费时间而已。也许是年纪大了的关系吧。"

"对呀,年纪大了倒是真的。"她说,有点顽皮地笑着。

"你还常看书吗?"

"嗯,经常看哪,新的旧的都看。小说、非小说。无聊的、不无聊的。我跟你正好相反,我大概只是喜欢用看书来打发时间吧。"

然后她向酒保点了"知更鸟巢"。我也点了同样的。她喝了一口送来的鸡尾酒,轻轻点头,然后把它放在吧台上。

"阿始啊,为什么这家店的鸡尾酒怎么喝都比别家的好喝呢?"

"因为特别努力用心哪,"我说,"不努力什么事都没办法达成。"

"例如怎么个努力法呢?"

"例如他啊,"我说,指着正以一本正经的脸色用冰刀凿碎冰块的年轻英俊的酒保,"我付给那孩子非常高的薪水,高得会让大家吓一跳的薪水哟。虽然这件事对其他员工是保密的。为什么只给那孩子那样高的薪水呢?因为他拥有调出美味鸡尾酒的才能啊。虽然一般人可能不是很清楚,不过没有才能是调不出美味鸡尾酒的。当然任何人只要努力，也能达到相当好的地步。只要学几个月，经过训练之后，就能做出拿得出去待客而不丢脸的东西。一般店里提供的鸡尾酒大概也就是这样程度的东西。这当然也能通用。不过要再进一步的话，就需要有特别的才能才行。那就像弹钢琴、画画、跑一百米一样。我想我自己也相当能调鸡尾酒。研究了不少，也练习了很多。不过再怎么说也比不上他。倒进同样的酒，花同样的时间去摇动，做出来的东西味道就是不一样。不知道为什么。这只能叫作才能了。跟艺术一样。那里面有一道界线，有人能越过去，有人越不过去。所以一旦找到一个有才能的人，就要好好珍惜，别让他跑掉。要付高薪。"那男孩子是同性恋，因此有时候同性恋的人也会来吧台聚会。不过他们都是安静的人，我也并不怎么介意。我喜欢那男孩，他也信赖我，工作很认真。

"或许你看起来更有经营才能噢？"岛本说。

"我才没有什么经营才能呢，"我说，"我不是什么实业家。只是拥有两家小店而已。而且我既不打算再增加店数，也不打算比现在赚更多钱。这样子既不能称之为才能，也不能称之为手腕。不过，我每次空闲的时候就会想，如果我是客人的话会如何？如果我是客人的话，会和谁到什么样的店去，想喝点什么吃些什么呢？如果我是二十几岁未婚的男人，带着自己喜欢的女孩子，会去什么样的店呢？这些状况我一一想象到细节方面。预算大约有多少？大概住在哪里？到什么时候为止不能不回去？我想了好多好多这些具体的例子。这些想法

103

累积多了，店的形象也逐渐有了明确的模样。"

岛本那夜穿了浅蓝色高领毛衣、深蓝色裙子。两边耳朵上小小的耳环闪着亮光。贴身的薄毛衣显露出乳房美好的形状。而那使我的胸口呼吸困难。

"再多谈一点好吗？"岛本说。然后脸上又再露出每次那愉快的微笑。

"关于什么呢？"

"关于你的经营方针，"她说，"听你像这样谈这些事情好有意思噢。"

我有点脸红起来。在人家面前脸红真的是很久没有过了。"那些谈不上什么经营方针。不过岛本哪，我觉得好像这种工作，我从以前开始就很习惯了。一个人在脑子里想各种情形，运用想象力，我从小时候开始一直都这样。我会假设一个架空的场所，然后一一仔细地再添加情况，这里可以这样，那个改到这边来会好一些。就像在做模拟实验一样。我以前好像也说过，我大学毕业以后一直在教科书出版公司上班。在那里的工作实在无聊。因为在那里我没办法动用到我的想象力。在那里不如说抹杀想象力才是工作。所以我做得很无趣，没办法。讨厌去上班讨厌得不得了。真的好像快窒息了。在那里我自己逐渐缩小，觉得好像不久就快要消失掉了似的。"

我喝了一口鸡尾酒，慢慢巡视客人席一圈。下雨天这样的来客算是多的。来玩的萨克斯风手把乐器收进盒子里。我叫服务生过来，拿一瓶威士忌到他那边去，顺便问问要不要吃点什么。

"不过这里却不然。这里如果不运用想象力，是活不下去的。而且我脑子里想到的事情立刻就可以付诸实行。这里没有会议，也没有上司。没有前例，也没有教育部的意向。这真的是很棒噢。岛本，你有没有在公司上过班？"

她依然面带微笑地摇摇头。"没有。"

"那真好。公司这种地方不适合我。一定也不适合你。因为我在那家公司工作了八年时间，所以我非常了解。我在那里的八年，人生几乎都无谓地浪费掉了。那是二十几岁最宝贵的岁月呀。我想我竟然还能忍耐八年之久。不过如果没有那些年月，或许开店也不会这么顺利吧，我这样想。我很喜欢现在的工作。我现在拥有两家店。不过有时候会觉得这好像只不过是自己脑子里想出来的架空虚构的场所而已。也就是说像空中花园一样的东西。我在那里种花、做喷水池。非常精巧地、非常真实地去做。人们来到这里，来喝酒、听音乐、聊天，然后回去。你想为什么每天晚上有这么多人愿意付出高价特地跑来这里喝酒呢？那是因为任何人都多多少少在追求虚构的场所啊。为了来看精致地制作出来的好像浮在空中的人工庭园，为了让自己也进入那样的风景之中，他们才来到这里的啊。"

岛本从小皮包里拿出沙龙烟。在她拿起打火机之前，我擦着火柴为她点火。我喜欢为她的香烟点火。因为她喜欢眯细了眼睛，看那火焰摇曳的样子。

"说真的,我这辈子一次也没工作过呢。"她说。

"一次也没有?"

"一次也没有。既没有打过工,也没有上过班。能安上劳动这名称的东西,我从来没体验过。所以我现在听你说到这些,觉得好羡慕噢。这些想法我一次也没有过。我一直都只是一个人在读书而已。而且我所想到的,可以说只有怎么去花钱而已。"说着她把两只手伸到我面前。她右手上戴着两条细细的金镯子,左手戴着看起来很贵重的金手表。她那两只手一直好像商品的样品一样伸在我面前。我握住她的右手,注视了一会儿她手腕上的手镯。于是我想起十二岁时她握我手的事。我现在都还清清楚楚地记得那时候的触感。也记得那曾经多么震撼我的心。

"只考虑钱的花法,或许很正常吧。"我说。然后放掉她的手。我放掉手之后,突然被一种自己好像就这样飞到什么地方去了的错觉所袭击。"想着要怎么样去赚钱时,很多东西就会逐渐地磨损消耗掉。一点一滴,不知不觉地减少下去。"

"不过你不明白。什么都生产不出来,是多么空虚。"

"我不这样认为。我觉得你是在生产出很多东西的。"

"例如什么东西?"

"例如无形的东西。"我说。我看着自己放在膝盖上的两只手。

岛本手上拿着玻璃杯,看了我很久。"你是指像心情一样的东西吗?"

"是啊,"我说,"任何东西迟早都要消失。这家店也不知道能够继续开到什么时候。人的嗜好会逐渐改变,经济趋势只要稍微有所改变,现在在这里的状况就会转眼之间消失掉。我看过几个这样的实例。真的很简单喏。有形的东西,总有一天会消失。可是某些种类的想法却永远会留下来。"

"不过阿始啊,留下来的只有难过的回忆,你不觉得吗?"

萨克斯风手走过来,跟我说谢谢我的酒,我说谢谢他的演奏。

"最近的爵士乐手大家都变得好有礼貌噢,"我向岛本解释道,"我学生时代不是这样。所谓爵士乐手,大家都嗑药。一半左右是个性上有瑕疵的。不过有时候倒是可以听到让你神魂颠倒得不得了的音乐。我经常到新宿的爵士酒吧去听爵士乐。为了去寻找那种神魂颠倒的体验。"

"阿始很喜欢那些人,对吗?"

"大概吧,"我说,"我想没有人会为了追求马马虎虎的好东西而全心投入的。就算十次里有九次失败,人们还是愿意去寻求那一次至高无上的体验。而且这推动着世界。我想这就是所谓的艺术吧。"

我又再次凝视着膝盖上自己的两只手。然后抬起头看岛本。她在等我继续说。

"不过现在有点不一样了。因为现在我是经营者。我所做的只是投入资本,然后回收而已。我既不是艺术家,也没创造出什么。而且我在这里也并没有特别支持艺术。不管喜不喜欢。这地方并不要求这些。以经营者的立场来说，彬彬有礼而外表漂亮的人比较好管理。这也是没办法的事吧。这个世界总不能要求到处都充满了查理·派克吧。"

她又点了一杯鸡尾酒续杯。然后又抽起一根新的烟。沉默了很久。岛本在那时间内似乎一直一个人在想着什么。我侧耳倾听着贝斯手继续独奏长长的《Embraceable You》。钢琴师偶尔轻轻加入和弦，鼓手正擦着汗，喝了一口酒。一位常客走过来，跟我闲聊了一会儿。

"阿始啊，"好久以后岛本说，"你知道什么地方有河吗？有漂亮河谷的河，不一定要很大，但有河滩，水流不太会停滞沉淀，很快就会流进海里去的河。水流速度快一点的比较好。"

我有些吃惊地看着岛本的脸。"河？"我说。她到底想说什么呢？我不太明白。岛本脸上没露出什么表情。她的脸并不想向我述说什么。她只是好像一直在看着远方的风景似的安静地看着我。或许觉得实际上我就存在于离她非常遥远的地方。她和我之间，或许被想象不到的长远距离所分隔开。想到这里我不得不感到某种悲哀。她的眼睛里，有什么东西令人感觉到那种悲哀。

"为什么忽然提起河呢？"我试着问她。

"只是忽然想到问问看而已，"岛本说，"你知不知道这样的河？"

我学生时代，曾经一个人背着睡袋到处旅行。所以看过全日本很多的河。不过她所要的河不太想得起来。

"靠日本海那边，好像有一条这样的河，"想了一会儿之后我说，

"河的名字我记不得了。不过我想好像是在石川县。去了就知道。我想也许那条河最接近你要的。"

那条河我记得很清楚。我是在大二或大三的秋假时去的。红叶很美,周围的山峰看起来像血染成的。山逼近海,河的流水也很优美,偶尔林间还听得见鹿的声音。我记得在那里还吃过美味的河鱼。

"你能带我去那里吗?"岛本说。

"在石川县呢,"我声音干哑地说,"可不像去江之岛那么近喏。要搭飞机,从那里再换车还得开一个小时以上噢。要去的话,也许还得住下来,我想你也知道,这对现在的我是行不通的。"

岛本在椅子上慢慢转过身体,从正面看我。"阿始啊,我非常明白,拜托你这件事是不对的。我也知道那对你来说或许负担太大了。不过我除了你之外,没有人可以拜托啊。我必须要去一趟,可是又不想一个人去。而且除了你之外,我不可能拜托其他的任何人。"

我看着岛本的眼睛。她的眼睛看起来好像任何风都吹不进去的安静岩石阴影下深深的涌泉潭水似的。在那里一切都纹丝不动,一切都完全静止。一直往里探视时,好像可以辨识出映在那水面上的东西的形象。

"对不起。"她全身忽然像泄了气似的笑了。"我并不是为了拜托你这个而来的。我只是想见见你聊一聊而已。我并没有打算提出这个话题的。"

我在脑子里大略估算了一下时间。"清晨早一点出发,搭飞机来回的话，或许晚上不太晚就能回来。这要看在那边待多久而定。"

"在那边我想不需要待多久，"她说，"阿始真的能拨出时间吗，跟我一起搭飞机到那里再回来的时间？"

"或许，"我考虑了一下说，"我现在还不敢讲。不过我想或许可以。明天晚上你能不能打电话来联络一下。这个时间我会在这里，而且在那之前我会做好安排，你的安排呢？"

"我随时都可以。没有什么安排。只要在你方便的时间，我随时都可以走。"

我点点头。

"对不起，"她说，"也许我实在不该来见你的。也许我终究只会把很多事情都搞砸也说不定。"

十一点以前她回去了。我撑着伞为她叫计程车。雨还继续下着。

"再见。谢谢你。"岛本说。

"再见。"我说。

然后我回到店里，回到吧台的同一个位子。那里还有她喝过的鸡尾酒杯。烟灰缸里还留有几根她抽过的沙龙烟蒂。我没有叫服务生来收走。我一直注视着那玻璃杯和烟蒂上留下来的浅色口红。

回到家时妻还没睡，在等我。她在睡衣上罩了一件毛衣，正在看着录像带播的《阿拉伯的劳伦斯》。劳伦斯克服了重重困难，终于横越沙漠，好不容易来到苏伊士运河的那一幕。那部电影就我所知，她已经看过三次了。她说，不管看多少次都很有意思。我坐在她旁边，一面喝葡萄酒一面一起看那部电影。

我跟她说，下星期天游泳俱乐部有一个聚会。俱乐部里有个人有一艘相当大的游艇，我们以前也偶尔搭那游艇出海去玩。在那里喝喝酒、钓钓鱼。虽然二月玩游艇多少有点太冷，不过妻对游艇几乎一无所知，所以对此并没有怀疑。因为我星期天很少一个人出去，所以她似乎觉得我偶尔和别的世界的什么人见见面，呼吸一下外头的空气会比较好。

"早上很早就要出去。我想大概八点以前可以回来。晚饭回家里吃。"我说。

"好啊。星期天我妹妹要来玩，"她说，"所以如果不冷的话，我们要带着便当到新宿御苑去玩。四个都是女人嘛。"

"那也很不错啊。"我说。

第二天下午，我到旅行社去预订星期天飞机的位子和租赁汽车。有一趟傍晚六点半回东京的班机。这样的话，应该可以赶上吃晚饭。然后我到店里去等她联络。电话十点打过来。"我想我可以拨出时间。虽然忙是有一点忙，不过这个星期天可以吗？"我说。

她说没关系。

我告诉她飞机出发时刻，和在羽田机场等候的地方。

"真的麻烦你很多。"岛本说。

我挂上电话后，坐在吧台看了一会儿书。不过被店里的嘈杂声干扰，怎么也无法集中精神看书。我走到洗手间用冷水洗洗脸和手，试着仔细注视映在镜子里的自己的脸。我向有纪子说谎了，我想。到目前为止我也向她说过几次谎。跟别的女人睡觉的时候，也稍微说过一点谎。不过我并不认为当时自己是在骗有纪子。那些只是无伤大雅的逢场作戏。不过这次不行，我想。我并不打算跟岛本睡觉。不过这样还是不行。我很久没有这样凝视过映在镜子里自己的眼睛了。不过那眼睛并没有映出我这样一个人的任何形象。我双手支在洗脸台上深深叹了一口气。

10

　那水流很急地从岩石间流过,在许多小地方造成小瀑布,或在一些水洼的地方安静休息一下。水洼的水面虚弱地反射着暗淡的阳光。眺望下游那边,可以看见旧铁桥。虽说是铁桥,但也只是一辆车能够勉强通过的狭窄小桥而已。那黑黑的毫无表情的铁骨,钝重地沉在二月凝冻的沉默之中。只有去温泉的旅客和旅馆的员工,还有管理森林的职员会用到那座桥。我们走过那桥时,没有遇到任何人,那以后,回头看过几次,也没看见走过铁桥的人影。我们经过旅馆,吃过简单的午餐之后就走过那座桥,沿着河边走。岛本把海军蓝呢厚大衣的领子直立起来,围巾一直高高卷到鼻子正下方。她和平常不一样,穿着适合山中步行的休闲服。头发绑在后面,靴子穿的是坚固的工作靴。而且肩上斜背着一个绿色尼龙单肩包。这样的装扮使她看起来像个高中生。河滩上到处还积着坚硬的雪白的雪。铁桥顶上有两只乌鸦一直停在那儿俯视着河川,偶尔好像要批评什么似的,发出尖锐而生硬的啼叫声。那声音在叶子落尽的林间冷冷地回响,越过河面,直刺我们的耳朵。

沿着河，一条狭窄而未铺柏油的路长长地延伸出去。虽然不知道到底延伸到多远、到底通到什么地方，不过那是一条极其安静而不见人影的路。周遭看起来不像有人家的样子，只偶尔可以看见一些已经变得赤裸裸的田地。田亩间散落了一些雪，清楚地画出几条白色条纹。到处都有乌鸦，乌鸦们一看见我们走在路上，简直就像在向伙伴们发出信号似的，短短地啼了几次。靠近它们时乌鸦也不逃走。我们可以靠得很近，看见它们那凶器般尖锐的嘴和颜色鲜活的脚。

"还有时间吗？"岛本问，"可以在这一带多走一会儿吗？"

我看看手表。"没问题，还有时间。我想我们可以在这里停留一小时左右。"

"好安静的地方噢。"她慢慢看看周围一圈，然后说。她一开口，空中就浮现一团白色凝冻的气息。

"这样的河可以吗？"

她看着我的脸微笑。"看来你好像对我想要的东西都摸得一清二楚。"

"从颜色到形状到尺寸，"我说，"我从以前开始就一直对河流很感兴趣。"

她笑着。然后用戴着手套的手握住我也戴着手套的手。

"不过幸亏这样。否则来到这里，如果你说这样的河不行，那可就没办法了。"我说。

"不会的。请你对自己有信心一点。因为你是不会错得太离谱的，"岛本说，"不过，这样两个人并排走着，你不觉得好像以前一样吗？以前我们经常一起从学校走路回家的。"

"你的脚不像以前那样不好了。"

岛本微微一笑看着我的脸。"你这样说，听起来好像觉得我的脚治好了很遗憾似的。"

"或许吧。"说着我也笑了。

"真的这样想吗？"

"开玩笑的。你的脚变好了我真的觉得很好。只是想到过去，觉得多少有点怀念你脚不好的那个时候。"

"阿始啊，"她说，"这次真的非常感谢你，希望你明白。"

"没什么啊，"我说，"只是搭飞机来郊游而已呀。"

岛本一直望着前面走了一会儿。"不过你是对太太说了谎才出来的吧？"

"嗯。"我说。

"而且这对你来说是相当为难的吧？你并不想对太太说谎，对吗？"

我不知道该如何回答，只好沉默不语。附近树林又有乌鸦在高声尖锐地啼叫着。

"我一定是把你的生活都搞乱了。这点我也很清楚。"岛本小声说。

"喂，别再提这个了，"我说，"既然特地来到这里了，谈些开心一点的事吧。"

"例如什么样的事？"

国境之南，太阳之西

"你这副装扮看起来好像高中生一样。"

"谢谢，"她说，"如果真的是高中生就好了。"

我们朝着上游慢慢走。我们在那之后暂时什么也没说，只是集中精神在走路上。虽然她好像还不能走得太快，但只要慢慢走，似乎还不至于不方便的样子。不过岛本一直紧紧握着我的手。因为路面冻结得很硬，所以我穿的橡胶底鞋子几乎没发出什么像声音的声音。

确实像岛本所说的，我想如果十几岁的时候，或二十几岁的时候，两个人能够像这样的走不知道该有多好。如果能够在星期天下午，两个人手牵着手，沿着河边在没有任何人的路上无止境地一直走一直走，我们的心情不知道会有多快乐。不过我们已经不是高中生了。我已经有妻子，有孩子，有工作。而且为了到这里来，还不得不跟妻子说谎。我现在开始就不得不搭车回到机场，坐上傍晚六点半到达东京的飞机，赶着回到妻子正在等候的家。

岛本终于站定，一面搓着戴了手套的双手，一面慢慢环视周遭。她看看上游，看看下游。对岸是连绵的山峰，左手边延伸过去是叶子完全落尽的杂木林。所到之处都看不见人影。我们刚才歇脚的温泉旅馆的影子、铁桥的影子，现在也都隐藏到山后去了。太阳好像想起来似的偶尔从云层的裂缝里露出脸来。除了乌鸦的声音和河水的声音之外，听不到其他任何声音。我一面眺望着那样的风景，一面忽然想到，总有一天一定还会在什么地方再看到这光景吧。换句话说，那与既视感相反。不是觉得自己曾经看过同样的风景，而是预感自己将

116

来有一天可能会在某个地方再度遇到和这一样的光景。这预感伸出长长的手，紧紧握住我意识的根源。我可以感觉到那紧握。而在那手指尖端另一头的就是我自己。应该存在于将来的，已有相当岁数的我自己。不过当然，我是看不见那自己的样子的。

"这一带就很好。"她说。

"做什么很好？"我问。

岛本露出她一贯的微笑看着我。"做我想做的事啊。"她说。

然后我们从河堤往下走到河边。有一个小小的水洼，表面结了一层薄薄的冰。水洼底下有几片落叶，像死掉的单薄的鱼一样，安静地躺着。我捡起一个掉在河滩上的圆石子，在手掌上转动了一会儿。岛本脱下双手的手套放进大衣口袋。然后拉开单肩包的拉链，拿出一个用很厚的上等布料做的袋子。那袋子里装有一个小罐子。她解开那罐口的带子，轻轻打开盖子。然后往里面凝视了一会儿。

我什么也没说地安静看着。

里面装了白色的灰。岛本一面慢慢注意着不要让那罐中的灰溢出外面，一面小心地将灰倒在左手掌上。结果那全部也只不过是能放进她手掌的量而已。我想那是烧了什么东西，或什么人的灰吧。因为是个无风的下午，那白灰一直留在她手上。然后岛本把空出来的罐子放回包里。食指尖沾了少许那灰，伸进嘴里，悄悄舔了一下。然后看着我的脸，想要微笑。但她没有能够好好微笑。她的手指还停在嘴上。

她蹲在河边，让那灰随河水流去，在那之间我就站在旁边守着看

国境之南，太阳之西

她。她手中仅有的一点点灰，转眼就被河水冲走了。我和岛本站在河滩上，一直望着那水的去向。她注视了一会儿手掌，终于把那上面还沾着的灰也拂在水上，然后戴起手套。

"你想真的会流到海里去吗？"岛本问。

"大概会吧。"我说，不过我不确定那灰是不是真的会流到海里。离出海口还有一段相当的距离。那或许会沉淀在某个地方的水洼，就那样留在那里也说不定。不过当然，其中也有一些会一直流到大海去吧。

她用掉在那边的木板碎片，在地面看起来柔软的地方挖起洞来，我也帮她一起挖。挖出一个小洞后，岛本把那放在布袋里的罐子埋起来。不知道从什么地方传来乌鸦的啼声。或许它们从头到尾都一直在看着我们做这个。我想没关系，要看就看吧。并不是在做什么坏事。我们只是让烧了什么的灰流到河里去而已。

"会变成雨吗？"岛本一面用鞋尖压平地面一面说。

我抬头看看天空。"暂时大概还不会吧。"我说。

"不，我指的是，那孩子的灰流到海里，和水混合之后会不会蒸发，变成云，然后变成雨下到地上来。"

我再度抬头看天空。然后看看河流。

"或许会吧。"我说。

我们开着租赁汽车往机场去。天气开始急速变坏。头上覆盖着沉甸甸的云,刚才还偶尔看得见的几处蓝天已经完全看不见。好像立刻就要开始下雪似的天气。

"那是我的婴儿的骨灰。我所生的唯一的孩子的灰。"岛本好像自言自语似的说。

我看看她的脸,然后又再看前面。卡车溅起融雪的泥水,因此不得不偶尔动一下雨刷。

"生下来,第二天马上就死了,"她说,"只活了一天呢,只抱了两次或三次而已。是个非常漂亮的婴儿。软软的……虽然不太清楚原因,但就是没办法好好呼吸。死掉的时候颜色都变了。"

我什么也不能说。我伸出左手,放在她手上。

"是个女孩子。还没有名字呢。"

"是什么时候死的?"

"去年的正好这个时候,"岛本说,"二月。"

"好可怜。"我说。

"我不想把她埋在任何地方。不要让她待在黑暗的地方。我想暂时放在我身边,然后从河里流进海里,最后化为雨。"

然后岛本沉默下来。就那样一直长久沉默着。我也什么都没说地继续开车。我想她一定什么都不想说。我想让她就那样静一静。不过后来我发现岛本的样子有一点奇怪。她呼吸发出奇怪的声音。那说起来多少有点像机器似的声音。刚开始我还以为是引擎有什么地方不对。不过后来发现那声音确实是从我旁边的座位发出来的。那也不是

国境之南，太阳之西

呜咽。简直就像她的支气管开了一个洞，每次呼吸时空气就从那里漏出来似的。

我在等候红绿灯时看看她的侧面。岛本的脸变得像纸一般雪白。而且整个脸好像涂上了什么似的，不自然地僵硬着。她头靠在头枕上，一直瞪着前面。身体一动也不动，偶尔半义务性地眨一下眼而已。我继续开了一会儿，然后开进一个看起来勉强适合停车的地方。那是一个已经关闭的保龄球场的停车场。空荡荡的机场仓库般的建筑物屋顶上，挂着一个巨大的保龄球瓶广告牌。简直像来到世界尽头的荒凉景象。广阔的停车场只停了我们的一辆车而已。

"岛本，"我开口道，"喂，岛本，怎么了？"

她没办法回答。只是靠在椅背上一直以那奇怪的声音呼吸着。我伸手摸摸她的脸颊，她的脸颊简直像被周遭的光景感染了似的冰冷，没有血气。额头确实在发烧。我开始觉得要窒息了，心想她或许会这样就死掉。她的眼睛完全没有显示任何表情。我试着探视那瞳孔，不过那里什么也看不见。瞳孔深处好像死亡本身一样黑暗冰冷。

"岛本。"我试着再大声叫一次。不过没有反应。连些微的反应都没有。那眼睛没有看着任何地方，是不是有意识也不清楚。我想最好还是带她去急救医院。可如果到医院去的话，一定赶不上飞机。不过现在管不了那些了。岛本也许会这样死去。不管怎么样，我不能让她死。

不过当我发动引擎时，发现岛本好像要说什么。我熄掉引擎，试着把耳朵靠近她嘴边,但这样还是没办法听出她在说什么。那听起来与其说是说话声,不如说像微弱的空隙来风似的。她好像费尽力气地重复几次那句话。我集中意识努力去听那是什么,她似乎在说"药"。

"想吃药吗?"我问。

岛本轻轻点头。轻微得若有若无的点头。那似乎是她所能做出的最大动作。我在她大衣口袋找。那里面有钱包、手帕和附在钥匙环上的几把钥匙。但没有药。然后我试着打开单肩包。包的内袋里有装药的纸袋。那里面放了四颗胶囊。我把那胶囊给她看。"是这个吗?"

她眼睛不动地点头。

我把椅背放倒,打开她的嘴,塞进一颗胶囊。但她嘴巴里面干干的,没办法把药送进喉咙。我回头看看周围有没有饮料自动贩卖机之类的,不过没有找到。现在也没时间再到别的地方找。附近唯一含有水分的东西只有雪。那一带雪倒是多得很。我下了车,从屋檐下凝固的雪中弄了一些看起来没变脏的部分,装进岛本戴的毛线帽里带过来。然后一点一点含进自己嘴里融化。等融化还相当花时间,不久我的舌尖就失去了感觉,但除此之外想不到其他办法。然后我打开岛本的嘴,把水用嘴送进她嘴里。送完再捏她鼻子,迫使她把水吞进去。她一面呛着,总算把水吞进去了。这样重复几次之后,她才似乎好不容易把那颗胶囊吞进喉咙里去。

我看看那药袋,不过那上面什么也没写。药名、她的名字、服用指示,一概都没写。我想,好奇怪的东西。通常药袋上都会写一点什么的。为了避免错误服用，或给别人服用时让别人了解情况。但总之我把那纸袋放回单肩包内袋，就那样观察了一阵子她的样子。既不知道是什么药，也不知道是什么症状，但要是像她这样平常都带着出门的药，应该自有它的效用吧。至少这不是突发事态，而是在某种程度上已经预期到的症状。

　　大约过了十分钟，她的脸颊终于开始稍微有了一点血色。我试着轻轻将自己的脸颊贴上去，虽然只有一点点，却似乎稍许恢复原来的温度了。我松了一口气，身体靠在椅背上。她总算不至于死掉。我抱着她的肩膀，不时把我的脸颊靠在她脸颊上，并确定她又慢慢回到这个世界来了。

　　"阿始。"岛本终于以微弱干哑的声音说。

　　"不去医院行吗？如果需要的话，我可以去找一家急救医院。"我问道。

　　"不用去，"岛本说，"已经没关系了。只要吃过药就会好。再过一会儿就会复原，所以你不用担心。倒是时间还来得及吗？不快点到机场去，会赶不上飞机的。"

　　"没问题。不用担心时间。还是再在这里静一下，等你稳定下来比较好。"我说。

　　我用手帕擦擦她的嘴角。岛本把我那手帕拿在手上，凝视了一会儿。"你对谁都这样亲切吗？"

　　"不是对谁都这样，"我说，"因为是你呀。不可能对谁都亲切，要对谁都亲切，我的人生太有限了。光对你一个人亲切，我的人生已经太有限了。如果没有限制的话，我想我可以为你做更多事。可是却办不到。"

岛本转过头来一直注视着我。

"阿始，我并不是为了让你赶不上飞机而故意变这样的。"岛本小声说。

我吓了一跳，看看她的脸。"那当然哪。这种事不用说也知道，你不舒服啊，那是没办法的。"

"对不起。"岛本说。

"你不用道歉，这又不是你的错。"

"可是我却把你的脚绊住了。"

我摸摸她的头发，弯过身轻轻亲了她的脸颊。要是可能的话，我想紧紧拥抱她全身，以我的肌肤确认她的体温。但我不能那样做。我只在她的脸颊上亲吻一下而已。她的脸温暖、柔软而湿润。"你什么都不用担心。最后一切都会很顺利的。"我说。

我们到机场还车时，早就过了搭飞机的时间，但很幸运的是，飞机起飞时间延后。往东京的班机还在跑道上，乘客还没上飞机。我们知道之后放心地松了一口气。不过，反过来却又多等了一小时。柜台负责人说是为了保养引擎。除此之外他们并没有透露其他消息。什么时候可以保养好也不知道。我们什么都不知道。到机场的时候就开始稀稀疏疏下起小雪，现在下得好大。这样下去很有可能飞机不能起飞。

"如果今天回不了东京，阿始怎么办？"她对我说。

"不用担心。飞机会飞的。"我说。但当然没有任何切实的证据可以证明飞机一定会飞。一想到如果真的变成那样，我的心情就沉重了起来。那样一来我就不得不再想一个说得过去的借口。关于我为什么到石川县来。不过那到时候再说了，我想。如果真的那样，到时候再慢慢想就好了。现在我不能不想的是岛本。

"你呢？如果今天回不了东京，你怎么办？"我试着问岛本。

她摇摇头。"我的事情你不用担心，"她说，"我怎么都可以。我想问题在你那边。你一定很伤脑筋吧？"

"有一点。不过你不用为此担心。现在还不一定不能飞呀。"

"我就知道会有这种事情发生，"岛本好像在说给自己听似的小声说，"只要有我在，周围一定会发生什么意外。每次都这样。只要跟我有关，什么都会变糟。向来没问题一直顺利进行的事情，也会突然不顺利起来。"

我坐在机场椅子上，考虑如果飞机不飞，不得不打电话给有纪子的事。脑子里思考着各种借口的说法。不过结果我想怎么说都没用。星期天早晨说是去赴游泳俱乐部聚会的约而出门，却在石川县机场被雪困住了，这不成借口。可以说"出了门之后，突然想看日本海，于是就那样往羽田机场走"，不过那也太笨了。要是那样说，还不如什么也不说。不如把事实真相说出来。而且想着想着，我愕然发觉自己内心其实正在期待飞机不能起飞。我在希望飞机就这样不能飞,被雪困住。我内心深处希望妻子发现我和岛本两个人来到这里。我什么借口都不说,我不再说谎。我只要和岛本两个人留在这里,这样一来,以后我只要顺其自然地发展下去就行了。

结果飞机慢了一个半小时后起飞了。在飞机上岛本靠着我一直在睡觉。或者一直闭着眼睛。我伸手抱着她的肩膀。她看起来一面睡着一面偶尔好像在哭泣。她一直沉默着,我也什么都没对她说。我们是在飞机准备降落时才开口说话。

"岛本,你真的没关系吗?"我问。

她在我手臂中点点头。"没关系,只要吃过药就没关系了,所以你不用担心。"然后她把头悄悄靠在我肩膀上。"不过请你什么都别问,关于为什么会这样。"

"好,我什么都不问。"我说。

"今天真的谢谢你。"她说。

"今天的什么事?"

"带我到那里去的事,还有用嘴巴喂我喝水的事,为我忍耐的事。"

我看着她的脸。我眼前就是她的唇。那就是刚才我喂她喝水时亲吻过的唇。而那唇看起来似乎又一次重新在向我渴求着。那唇微微张开,中间露出美丽的白牙齿。我还记得我喂她喝水时稍微碰触到她那柔软舌头的触感。看着那嘴唇,我呼吸非常困难,我什么也不能想了。我感觉到身体的骨髓热了起来。我想,她正需要我,而我也正需

国境之南，太阳之西

要她。不过我总算把自己压制住了。我不能不就此止步。再往前走下去，或许会回不来了。不过要止步，实在需要相当的努力。

我从机场打电话回家。时间已经八点半了。对不起，时间晚了，因为没办法联络，我大约一个小时后会回到家，我对妻说。

"我们一直等你，后来等不下去就先吃晚饭了。今天煮火锅噢。"妻说。

我让她坐上停在机场停车场的宝马。"送你到什么地方好？"

"如果方便的话，让我在青山下车。我从那里可以一个人回去。"岛本说。

"真的可以一个人回去吗？"

她嫣然微笑地点点头。

一直到从外苑下首都高速公路为止，我们几乎什么话都没说。我小声放着亨德尔风琴协奏曲的录音带听。岛本两只手规矩地并排放在膝上，一直望着窗外。因为是星期天晚上，看起来周围的车子里尽是出外游玩回来的家庭。我和平常一样频繁变换着排挡。

"阿始啊，"车子快开进青山道时岛本开口了，"我那时候真的希望飞机不能飞呢。"她说。

我想说，我也正想着一样的事。不过我什么也没说。我的嘴巴干干的，说不出话来，只默默点着头，悄悄握住她的手而已。我在青山一丁目的转角停车让她下。因为她要我在那边让她下。

"可以再去看你吗?"岛本下车时小声问我,"不会讨厌我了吧?"

"我等你,"我说,"很快就可以见面。"

岛本点点头。

我一面在青山道上开着车一面想,如果就这样永远不再和她见面的话,我一定会疯掉。她下车之后,我觉得世界好像转瞬之间变得空荡荡了。

11

跟岛本两个人去石川县的四天后，岳父打电话来，说有一点事情想跟我谈一谈，明天一起吃中饭好不好。我说好啊。说真的，我有一点吃惊。因为岳父是非常忙的人，他除了和工作上有关的人之外，是很少跟别人一起吃饭的。

岳父的公司半年前才刚从代代木搬到四谷一栋新盖的七层楼办公室。虽然是自己公司的大楼，但公司只使用六楼及以上，五楼及以下则出租给别的公司、餐厅和商店等。我是第一次到那栋大楼去，那边一切都是崭新发亮的。大堂地面铺大理石，天花板挑高，一个大型陶瓷花瓶里插满了花。我走出六楼电梯，服务台坐着一位头发美得可以拍洗发精广告的女孩子，用电话通知岳父我的名字。是一部附有计算器、造型像锅铲一样的深灰色电话机。然后她微微一笑，对我说："请进，社长在里面等您。"虽然是很灿烂的笑脸，但和岛本的笑脸比起来还是有几分逊色。

社长室在大楼最顶层。从大玻璃窗可以眺望整个街景。虽然不能算是多么赏心悦目的景色，但采光很好，而且宽敞。墙上挂着印象派的画，画的是灯塔和船。看起来有点像是修拉的画，说不定还是真品。

"看来景气不错的样子啊。"我向岳父说。

"不错。"他说。然后站在窗边，指着外面。"不错。而且接下来还会更好。现在正是赚钱的时候。对我们的生意来说，这是二十年、三十年才会遇到一次的好时机哟。现在不赚就没机会再赚了。你知道为什么吗？"

"不知道啊。我对建筑业是外行。"

"来，你从这里看看东京的街头。可以看到某些地方有空地，对吗？就像牙齿被拔掉了一样稀稀落落地看得到一些什么也没建的空地。从上面看得一清二楚，走在下面反而不一定清楚。那是老房子和旧大楼被拆掉后的遗迹。最近土地价格急速上涨，以前的旧大楼已经逐渐不赚钱了，旧大楼租金收得不高，承租人也越来越少。所以需要更新更大的建筑来代替。私人住宅，在这样的都市中心，地价上涨后，固定资产税和遗产税就缴不起。所以大家都纷纷卖掉都市中心的房子，搬到郊外去。而买这些房子的多半是些内行的不动产商。这些人把原来的老建筑物拆掉，建起更能有效利用的新建筑物。这也是这两三年的事。这两三年东京的面貌会大为改观。资金没问题。日本经济很活跃，股票也继续上涨。银行里有得是大量的钱。只要有土地做担保，要多少钱，银行都会贷给你。只要有土地，就不怕没有钱。所以大楼一栋一栋地盖。你想是谁在盖那些大楼？不用说，当然是我们。"

"原来如此,"我说,"可是盖那么多大楼之后,东京会变成什么样子呢?"

"会怎么样?会变得更活跃、更漂亮、功能更优越啊。因为街市的面貌能忠实反映经济面貌啊。"

"变得更活跃、更漂亮、功能更优越是很好啊。我认为是一件好事。不过现在东京已经满街都是车子,如果大楼再增加,那么路上不是更动不了了吗?水管只要一不下雨就没水。而且一到夏天,所有的大楼一起开冷气,电力也会不够吧?那些电是烧着中东石油发出来的。如果再来一次石油危机怎么办?"

"那是日本政府和东京政府要考虑的事。我们缴了那么多税金哪。只要让那些东京大学毕业的官员去伤脑筋就行了。他们老是一副很了不起的神气样子。摆出一张简直就像是自己在推动着国家似的嘴脸。所以偶尔也要让他们用一用那高等头脑去想一想。我可不知道怎么办。我只不过是个微不足道的搞土建的。有人预订,我就盖大楼。这就是所谓的市场原理,不对吗?"

对此我什么也没说。我不是到这里来和岳父辩论日本经济应有状况的。

"好了别谈这些难题了,我们吃饭去吧。肚子饿了。"岳父说。

我们坐上他那辆设有电话的黑色大奔驰到赤坂的鳗鱼饭屋去。被引进靠里面的房间,只有我们两个人面对面吃着鳗鱼,喝着酒。因为还是白天,所以我只稍稍沾了一点,但岳父却喝得相当猛。

"您说有事情要谈,是关于哪方面的?"我试着切入正题。如果是坏事,希望能早点听到。

"其实是有一点事想拜托你,"他说,"不,不是什么严重的事,只是想借你的名字。"

"借名字?"

"我想开一家新公司,需要名义上的设立人,虽说是设立人,其实并不需要什么特别的资格。只要有名字在那里就行了。不会给你添任何麻烦,该给你的谢礼,我也会照给。"

"不需要什么谢礼,"我说,"如果真的需要,多少个名字我都愿意借,可是那到底是什么样的公司呢?既然作为设立人被列名,至少我想知道这一点。"

"准确地说,不是什么公司,"岳父说,"因为是你,我才坦白告诉你,那是什么也不做的公司,只有名字存在的公司。"

"也就是所谓的幽灵公司吗?纸上公司,隧道公司?"

"可以这么说。"

"目的是什么呢?节税吗?"

"也不是。"他很难开口地说。

"是利益输送吗?"我大胆地试着问。

"可以这么说,"他说,"其实我也不喜欢这样做。可是我们这一行多少有必要这样。"

"如果出问题的话,我怎么办?"

"成立公司本身是合法的。"

"但我对这公司在做什么觉得有问题。"

岳父从口袋掏出香烟,擦着火柴点上烟。然后朝空中吐一口烟。

"没有什么问题的。而且就算出了什么问题,大家都看得出,你只是在道义上借名字给我而已。被太太的父亲拜托,没办法只好把名字借给他。谁也不会责备你。"

我考虑了一会儿。"那暗钱到底流到什么地方去呢?"

"那个你最好不要知道。"

"关于市场原理,我想多了解一点详细内容,"我说,"是流向政治家吗?"

"那也有一点。"岳父说。

"是官员吗?"

岳父把烟上的灰弹落在烟灰缸。"喂、喂,这样做会变贿赂啊,后面要顾虑警察啊。"

"不过业界多少都在做吧?"

"有一点。"他说。然后脸色为难地说:"在不会带来麻烦的程度内。"

"暴力团伙呢?在买土地的时候,会用到他们吗?"

"没有。我从以前就不喜欢他们。我还不至于强买土地。虽然那样也许赚钱,但我不会那样。我只是在地上盖建筑物而已。"

我深深叹了一口气。

"这种事情你一定不喜欢吧?"

"不过不管我喜欢不喜欢,您已经把我预定在内了,事情早就在进行了,对吗?以为我会答应,是吗?"

"说真的,是这样。"他说着无力地笑了。

我叹了一口气。"爸爸,老实说我不太喜欢这种事。我不是说公司不容许做不正当的事之类的。不过正如您所知道的,我只是过着平凡生活的平凡人。希望最好不要被卷进那些有内幕的事情里去。"

"这个我也很清楚,"岳父说,"这我知道。所以这些就交给我。总之绝对不会给你添加任何麻烦。因为那样也会给有纪子和外孙女添加麻烦。所以我不可能做那样的事。你知道我是多么重视女儿和外孙女的。"

我点点头。不管说什么,我都没有资格拒绝岳父的请求。一想到这里,心情就沉重下来。我这脚已经被这个世界一点一点地往下拉。首先这是一步。我接受了它。然后接下来大概还会有别的再来吧?

我们接下来暂时继续吃着。我喝着茶,而岳父还是以很快的速度继续喝酒。

"你几岁了啊?"岳父突然问。

"三十七。"我说。

岳父一直盯着我的脸。

"三十七正是想玩的时候,"他说,"工作充满干劲,对自己也有信心，所以很多女人也会自动靠近来，不是吗？"

"很遗憾并没有多少靠近来的。"我笑着说。然后探视他的表情。在一瞬间我忽然想道，岳父是知道了我和岛本的事，为了跟我说这个才把我叫来的。可是他的语气中并没有追究的逼人意味。他只是把我当闲聊对象谈着而已。

"我在那个年纪也很会玩。所以并不打算叫你不要玩。对自己女儿的丈夫这样说虽然很奇怪，但我觉得还是适度地玩一玩比较好。有时候这样比较舒坦。适度地解放过，家庭生活才会过得比较顺利，对工作也比较能集中精神。所以就算你跟别的女人睡觉，我也不会责备你。不过，要玩最好能慎重选择玩的对象。如果不小心选错对象的话，人生会走上歧路。我看过很多这样的例子。"

我点点头。然后我忽然想起曾经听有纪子说过她哥哥夫妻俩感情不好的事。有纪子的哥哥比我小一岁，但另外有了女人，好像变得不太回家了。我想象岳父大概在意那个大儿子的事吧。所以拿我当对象提出这话题来。

"你可不要选上太无聊的女人噢，要是跟无聊的女人玩，不久连自己都会逐渐变成无聊的人。跟笨女人玩，连自己都会变笨。不过，也不要跟太好的女人玩，跟太好的女人牵连上了，会回不了头。如果回不了头，会迷失方向。我说的你明白吗？"

"有一点。"我说。

"只要注意几件事就行了。第一，不要弄房子给女人。这是致命伤。第二，凌晨两点以前要回到家。凌晨两点是不被怀疑的极限。另外一点，不要拿朋友当外遇的借口。外遇可能会被发现。这也没办法。但不能连朋友都失去。"

"听起来好像是经验之谈。"

"对。人只能从经验中得到教训，"他说，"其中也有从经验中什么也学不到的人。不过你不是这样的人。我觉得你很有看人的眼光。那是从经验中什么也学不到的人所办不到的。我只去过你店里两三次，但一眼就可以看出，你找到了几个很不错的人，而且很能善用他们。"

我默默让话题自由发展下去。

"选太太也很有眼光。到目前为止，婚姻生活也一直安排得不错。有纪子跟了你，两个人过得很幸福。两个孩子都是好孩子。这一点我很感谢你。"

我想他今天喝得相当醉了。不过我什么也没说，只默默听着。

"我想也许你不知道，有纪子曾经自杀过一次。吃安眠药。送进医院两天都昏迷不醒。那时候我都以为她已经不行了。身体变得冰冷，呼吸都快没了，我想这确实是死了，我眼前变得一阵黑。"

我抬起头看着岳父的脸。"那是什么时候的事？"

"二十二岁的时候。刚刚大学毕业。原因是男人。跟那个男人都订婚了。真是无聊的男人。有纪子外表看起来很乖顺，其实个性很强。头脑也不错。所以我现在都不能理解，她为什么会交上那样无聊的男人。"岳父靠在房间柱子上,含起香烟点上火。"不过那是有纪子的第一个男人。第一次不管是谁,多少都会犯错。但对有纪子来说,那个打击实在太大了。所以会到想自杀的地步。而且从那次之后,这孩子就不跟任何男的来往了。以前是个相当积极的孩子,自从那件事之后,就很少外出,变得不说话,老是窝在家里。不过认识你、跟你交往以后,变得非常开朗起来。好像变了一个人似的。你们好像是旅行认识的,对吗?"

"对。是在八岳。"

"那次也是我劝她,几乎是强迫她出去的。我说偶尔也该去旅行一下啊。"

我点点头。"我不知道自杀的事。"我说。

"我想你还是不知道比较好,所以一直都没说。不过我想差不多也该让你知道了。因为往后你们还有很长的日子要一起过,所以不管好事坏事,还是全部知道比较好。这已经是很久以前的事了。"岳父闭上眼睛,把香烟的烟吐向空中。"做父亲的这样说虽然有点不恰当,不过她是个好女人喏。我这样想。我也交过很多女人,所以我想我会看女人。不管是自己的女儿也好,不是也好,女人的好坏我看得很清楚。同样是我的女儿,妹妹是脸长得比较美,但个性却完全不一样。你看人很有眼光。"

我沉默不语。

"噢,你好像没有兄弟姊妹噢?"

"没有。"我说。

"我有三个孩子。所以,你认为我对三个孩子都很公平地喜欢吗?"

"不知道。"

"你呢?两个女儿你都一样喜欢吗?"

"一样喜欢哪。"

"那是因为还小,"岳父说,"孩子再长大一些之后,父母也会逐渐产生偏好。对方也会有所偏好,自己也会偏心。这个你以后就懂了。"

"是吗?"我说。

"因为是你我才说,三个孩子里面,我最喜欢有纪子。虽然我对其他孩子感到抱歉,但这是真的。我跟有纪子很投合,可以信任她。"

我点点头。

"你看人有眼光,看人的眼光,是非常大的才能噢。希望你永远珍惜这眼光。我自己虽然是个差劲的人,但不见得只生得出差劲的人。"

我把喝得相当醉的岳父扶上奔驰。他坐在后座,两腿张开,就那样闭上眼睛。我搭计程车回家。回到家,有纪子想听父亲和我到底谈了什么。

"没什么重要的事,"我说,"爸爸只是想找个人一起喝酒而已。好像喝得很醉的样子,不晓得他那个样子回公司还能不能工作。"

"每次都这样,"有纪子笑着说,"大白天就开始喝酒睡觉。躺在社长室大概睡一个钟头午觉。不过公司还不至于倒掉吧。所以没问题,随他去,不用管他。"

"不过跟以前比起来好像酒量差一点了。"

"是啊。也许你不知道。妈妈去世以前,他不管喝多少,脸上都绝对看不出来。真的是海量。不过没办法,大家都会上年纪的。"

她重新泡了咖啡,我们在厨房餐桌上喝着。我决定不对有纪子提关于借用名字当幽灵公司名义上的设立人的事。因为我想她如果知道了,一定会不高兴父亲给我添加麻烦。有纪子大概会说:"我们确实向父亲借了钱,不过这个和那个是两回事啊,你不是都按期加利息还他了吗?"不过问题并没有那么简单。

小女儿在自己房间睡得很沉。我喝完咖啡之后,就把有纪子引诱到床上。我们脱掉衣服,赤裸着身子,在明亮的白天光线之下安静地互相拥抱。我花时间把她身体弄温暖之后再进入里面。不过那天,我一面进入她体内,一面却一直想着岛本。我闭上眼睛,想象着自己现在拥抱着岛本。想象着自己现在正进入岛本体内。然后我猛烈地射精。

我淋过浴之后,又上床睡了一会儿。有纪子已经整齐地穿上衣服了,但我躺回床上后,她又来到旁边,吻着我的背。我闭着眼睛沉默不语。我为一面想着岛本一面和她交合而感到愧疚,我依然闭着眼睛,一直沉默着。

"嘿,我真的好喜欢你哟。"有纪子说。

"结婚已经七年了,孩子也有两个了啊,"我说,"大概快要腻了吧。"

"是啊，不过我还是喜欢哪。"

我抱起有纪子的身体。然后开始脱她的衣服。我脱下她的毛衣和裙子，脱下内衣。

"喂，你难道真的还要再来一遍吗……"有纪子吃惊地说。

"当然还要再来一遍哪。"我说。

"噢，我看有必要记在日记上噢。"有纪子说。

这一次，我努力不去想岛本。我抱紧有纪子的身体，看着她的脸，只想有纪子。我吻着有纪子的嘴唇、喉咙和乳头。然后在有纪子体内射精。射精完毕之后，我依然就那样紧紧抱着她的身体。

"喂，你怎么了？"有纪子看着我的脸说，"今天跟爸爸发生了什么事吗？"

"什么也没有，"我说，"完全没有事。不过我只想暂时这样不要动。"

"没关系，只要你喜欢。"她说。然后静静地紧紧地抱着依然留在她体内不动的我的身体。我闭着眼睛，为了让自己不要跑掉而把她的身体用力压紧在我身上。

我一面抱着有纪子的身体，一面忽然想起刚才岳父说过她自杀未遂的事。"那时候我都想已经不行了……我想这确实是死了"。或许稍有差错，这个身体就早已经消失掉了呢，我想。我试着用手轻轻抚摸着有纪子的肩膀、头发和乳房。那温暖、柔软是切实的。我可以用手掌感觉到有纪子的存在。不过这些东西能够继续存在到什么时候，谁也不知道。有形的东西转眼之间都会消失。有纪子,还有我们所在的房子,这墙壁,这天花板,这窗子,或许也都会在转眼之间全部消失。很可能就像那个男人深深伤害过有纪子一样,我也深深伤害了泉吧。有纪子在那之后,遇到了我。但可能泉再也没有遇到谁。

"我要睡一下噢,"我说,"然后去幼儿园接女儿。"

"你好好睡吧。"她说。

我只睡了一会儿而已。醒过来时是下午三点过后。从卧室的窗户可以看见青山墓地。我在窗边的椅子上坐下,一直眺望着那墓地很久。觉得很多东西的风景在岛本出现之前和之后,看起来相当不一样。从厨房传来有纪子正在准备晚餐的声音。那在我耳朵里听起来好空虚。觉得好像是从非常遥远的世界透过管子或是别的什么传来的声音似的。

然后我开着宝马从地下停车场出来,到幼儿园接大女儿。那天幼儿园因为有什么特别的活动,女儿从里面出来时快四点了。幼儿园前面和平常一样排着好多擦得很干净的高级车。可以看见 SAAB、捷豹、阿尔法·罗密欧等进口名车。穿着高贵大衣的年轻母亲从车里出来,接了孩子,上车载回家去。父亲来接的只有我的女儿。我找到女儿后叫她的名字,用力挥手。女儿也看到了我,挥着她的小手,向这边走过来。不过在那之前看见一个坐在蓝色奔驰 260E 副驾驶座上的女孩,就一面叫着什么一面向那边跑去。那女孩戴着红毛线帽,从停着的车子的窗里探出身体。那女孩的母亲穿着红色毛大衣，戴着很大的太阳眼镜。我走过去牵起女儿的手，她就朝我微微一笑。我也微笑答礼。那红色毛大衣和大太阳眼镜使我想起岛本。我从涩谷跟踪到青山时的岛本。

"你好。"我说。

"你好。"她也说。

容貌漂亮的女人，年龄怎么看都不会超过二十五。汽车音响正播放着 Talking Heads 的《Burning Down the House》。后座上放着两个纪伊国屋的纸袋。她的笑脸相当美。女儿和她的朋友小小声谈了一会儿话，然后说再见。那个女孩也说再见。然后按了电动钮，玻璃窗滑上去关了起来。我拉起女儿的手，走向宝马停放的地方。

"怎么样啊，今天一整天有什么开心事啊？"我问女儿。

她大大地摇头。"没有什么开心事，很惨。"她说。

"噢，我们都一样辛苦。"我说。然后弯下腰亲了她的额头一下。她好像一本正经的法国餐厅经理在接到美国运通卡时一样的表情接受我的吻。"不过明天一定会比较开心。"我说。

我也尽可能这样相信。明天早晨醒过来，世界一定会变得更清爽，很多事情会变得比现在更快乐。不过我想并不会这样顺利。即使到了明天，很可能事态也只会变得更麻烦而已。问题是我在恋爱，而我却像这样有妻子、有女儿啊。

"嗨，爸爸，"女儿说，"我想骑马。你能不能有一天买一匹马给我?"

"噢,可以呀,等有一天噢。"我说。

"有一天是什么时候?"

"等爸爸存够了钱的时候,存够了钱,就可以买马。"

"爸爸也有扑满吗?"

"嗯,我有大扑满哪。有像这部车子一样大的。要是存不够这么多,就买不了马啊。"

"你觉得如果求求外公,他会不会答应帮我买马?外公不是很有钱吗?"

"是啊,"我说,"外公有像那边那栋大楼那么大的扑满。里面装了好多钱。不过因为太大了,很难从里面拿钱出来。"

女儿一个人想了一想。

"不过可不可以问外公一次看看,说我想买马。"

"说得也是。可以问他一次看看。说不定会买噢。"

开回大厦停车场之前,我和她谈着马的事。想要什么颜色的马啊?要给马取什么名字啊?想骑马去哪里呀?要让马睡哪里呀?看她从停车场上了电梯之后,我就直接到店里去。然后想明天到底会变怎样。我双手搭在方向盘上,闭上眼睛。我不觉得自己在自己的身体里。觉得我的身体好像不知道是从什么地方借来的。我想,明天我到底会变怎样呢?如果可能的话,我想立刻就为女儿买马。在很多东西都消失无踪之前,在一切的一切都损坏变糟之前。

12

　　然后到春天来临前的两个月之间，我和岛本几乎每星期都见面。她有时会忽然来到店里，有时候到酒吧那边，但多半是到"知更鸟巢"这边。来的时间，都是在九点过后。然后坐在吧台喝两杯或三杯鸡尾酒，十一点左右就回去。她来的时候，我就坐在她旁边谈话。店里的员工们对我和她的事情是怎么想的，我不知道。不过我几乎并不将此放在心上。就像小学时候同年级的同学们对我们怎么想，我也几乎都不放在心上一样。

　　有时候她会打电话来店里，说明天中午在什么地方见面好吗？我们多半在表参道的咖啡店见面。然后吃一点东西，在那附近散散步。她和我在一起的时间大约两小时，长的话三小时。回家的时间到了，她就看看手表，然后望着我微笑，说："差不多该走了。"那微笑总是那么漂亮。不过我在那微笑中，几乎读不出她那时所抱持的感情之类的东西。她是为了不得不走而难过呢，还是并不怎么难过，甚至为能跟我分开而松了一口气呢，连这些我都读不出来。连她是不是真的在那个时刻不得不回到某个地方去，我都无法确定。

国境之南，太阳之西

不过总之，那时刻来到之前的两小时或三小时之间，我们相当热心地谈话。但我已经不再抱她的肩膀，她也不再握我的手。我们再也没有互相碰过彼此的身体。

在东京街头，岛本又重新拾回以前那既酷又有魅力的笑脸。我已经看不到那个二月里寒冷的日子到石川县时，她让我看到的那种感情激烈动摇的情形。那时候我们之间所产生的温和自然的亲密，也没有再回来。虽然并没有特别约定好，但那次奇妙的小旅行所发生的事，我们再也没有提起过。

我和她一面并肩走着，一面想她心中到底藏着什么，而那些东西今后又将把她往什么地方带呢？我有时会试着探视她的眼睛深处。不过那里只有安稳和沉默而已。她眼睑上的一道线，依然使我想起遥远的水平线。我现在觉得好像有点可以理解高中时代泉对我可能感到的类似孤独感的东西了。岛本心中拥有一个只有她自己一个人的孤立小世界。那个只有她知道、只有她接受的世界。我进不去里面，那个世界的门只有一次曾经正要向我打开。但现在那门又关上了。

我一想到这个，就不知道什么是对的、什么是错的了。我觉得自己仿佛又一次变回那个既无力又不知何去何从的十二岁少年。在她面前，不知道自己该怎么办、该说什么，变得没办法判断。我试着冷静下来，想动动脑筋，但不行。我每次面对她，总是觉得像是说错了话，做错了事似的。不过不管我说什么、做什么，她每次都像把所有的感情都吞进去似的，露出那有魅力的微笑看着我。好像在说："没关系,这样就可以。"

我对岛本现在所处的状况完全一无所知。不知道她住在什么地方,不知道她和谁住在一起,也不知道她从哪里得到收入。她结婚了没有,或曾经结婚又离婚了,我也不知道。她只说她生过一个孩子,那孩子第二天就死了,那是去年二月的事。还有她一次也没工作过。不过她总是穿着贵重的衣服,戴着贵重的饰品。这意味着她从什么地方获得很高的收入。关于她,我所知道的可以说只有这些。也许在生孩子的时候,她是结了婚的,不过当然没有切实的证据。那只不过是猜测而已。没结婚而生孩子并不是没有可能。

虽然如此,见了几次面之后,岛本开始谈一些初中和高中时代的事。她似乎认为那个时代的事,和现在的状况没有直接关系,所以说一说也不妨。然后我知道了她当时是过着多么孤独的每一天。她对周围的人试着尽量公平,而且不管发生什么事,也都不为自己找理由解释。岛本说:"我是不想解释的。""人只要开始解释一次之后,就会不断地解释下去,我不想过这样的日子。"不过这种生活方式,对那个时代的她,并没有发生什么良好的作用,那只有使周围的人产生很多误解,而那些误解又深深伤害了岛本的心。她逐渐把自己封闭在自己心中。早上起来,她常常呕吐,因为不喜欢去上学。

有一次她拿高中时候的相片给我看。那相片里岛本坐在一张花园椅上。花园里开着向日葵,季节是夏天。她穿着粗棉布短裤、白T恤。而且她真的好美。她面向着镜头微笑。那微笑比起现在虽然显得有几分不笃定，但仍然是非常漂亮的微笑。在某种意义上那不笃定正是让微笑打动人心的地方。那看不出是一个每天过着不幸日子的孤独少女的微笑。

"光看这张相片，觉得你好像过得很快乐嘛。"我说。

岛本慢慢地摇摇头。好像想起往日某个遥远的情景似的眼睛周围聚集了一些迷人的皱纹。"嗨，阿始啊，相片是看不出什么的。那只不过是像影子一样的东西。真正的我是在很不同的地方，没被相片照到的。"她说。

那张相片让我心痛。看见那张相片，我可以真切感觉到自己到现在为止已经失去了多么漫长的时间。那是再也回不来的宝贵时间。不管多么努力也无法重新挽回一次的时间。那是只存在于那个时候、那个场所的时间。我花了很长的时间一直盯着那张相片看。

"为什么看得那么热心呢？"岛本说。

"想要埋掉时间哪，"我说，"我已经二十多年没看见你了。那些空白我真想就算能埋掉一些也好。"

她露出有点觉得不可思议的微笑看着我的脸。简直就像我的脸上有什么奇怪的地方似的。"好奇怪哟。你想把那岁月的空白埋掉。而我则希望同样是那段岁月能够多少变空白一些。"她说。

从初中到高中，岛本一直没有所谓的男朋友。怎么说她都是个漂亮女孩，因此不可能没有人向她开口招呼。不过她几乎都没和那些男孩子们交往。有几次开始想交，但却没有继续下去。

"那个年龄的男孩子,一定不太喜欢我。你知道的吧?那个时候的男孩子,都很粗野,只会想到自己,脑子里只想着伸手到女孩子裙子下而已。如果有这种事情,我就会很失望。我所要的,是像从前和你在一起时那样的东西。"

"岛本哪,我想我十六岁的时候,也是一个只会想到自己、满脑子只想着伸手到女孩子裙子下的男生。确实没错,就是那样。"

"那么我们那个时候没见面倒好啊,"岛本说着微微一笑,"十二岁分开,三十七岁又像这样遇到……对我们来说,或许这样最好也不一定。"

"是这样吗?"

"现在的你除了伸手到女孩子裙子下之外,至少还会想到一些别的吧?"

"是有一些,"我说,"有一些。不过如果你在意我脑子里想什么,或许最好下次见面时穿长裤来。"

岛本双手放在桌上,一面笑一面看了一会儿手。她的手上依然没戴戒指。她经常戴手镯,手表也经常换不同的戴。耳环也戴了,但就是没戴戒指。

"而且我也不喜欢把男孩子的手脚缠住,"她说,"你也知道,我有很多事情不能做。去郊游,去游泳,去滑雪或溜冰,去跳迪斯科,这些我都办不到。甚至散步时也只能慢慢走。我所能做的,说起来只有两个人坐在一起,谈谈话,听听音乐而已。而那个年代一般男孩子，是耐不住长久这样的。我不喜欢这样。我不想把别人的手脚缠住。"

她这样说着，喝了些放有柠檬的矿泉水。那是三月中温暖的下午。走在表参道上的人之中，已经可以看到穿短袖的年轻人。

"如果那个时候和你交往的话，我想我最后还是会成为缠住你手脚的累赘。我想你一定会变得对我不耐烦。你应该会想要更多活动，想要飞到更宽广的大世界去。而迎接那样的结果，对我又会是非常难过的吧。"

"岛本哪！"我说，"不会有那样的事。我想我不会对你不耐烦。因为我和你之间拥有某种很特别的东西。这点我很清楚。用语言无法说明。不过那确实存在，那是非常珍贵且重要的东西。这一点你也一定很清楚。"

岛本表情没变地一直注视着我。

"我并不是什么了不起的人。也没有什么能够向别人炫耀的东西。而且从前比现在更粗野、更粗心、更骄傲。所以或许我并不能算是一个适合你的人。不过，只有这点我可以说，我绝不会对你不耐烦。这一点我和别人不一样。对你来说，我真的是很特别的人。我可以感觉到这点。"

岛本重新面向放在桌上的自己的手。她好像在检点十根手指的形状似的，将手指轻轻分开。

"阿始啊，"她说，"非常遗憾的是，有些事情是不能往后退的。

那一旦往前推进了,不管怎么努力,就没办法回去了噢。如果那时候有丝毫差错的话,就会以错误的样子凝固下来。"

我们有一次,曾经两个人去听音乐会。去听李斯特的钢琴协奏曲。岛本打电话过来邀我,问我如果有时间的话,要不要一起去听。演奏者是南美洲出身的著名钢琴家。我挪出时间,和她一起到上野音乐厅去。那是个相当棒的演奏。技巧上没得挑剔,音乐本身也致密而有深度,随处可以感觉到演奏者的热情。不过虽然如此,尽管我闭上眼睛想集中意识,但就是没办法投入那音乐的世界。那演奏和我之间好像隔着一层薄幕似的。那虽然只是似有似无的非常薄的幕,但不管怎么努力,我都没办法走进另外那一侧去。音乐会结束后我这样一说,才知道岛本也和我具有类似的感觉。

"不过你认为那演奏什么地方有问题呢?"岛本问,"虽然我觉得演奏得很好啊。"

"你记得吗?我们听过的那张唱片,第二乐章的最后,有两次微小的刮擦杂音。噗嗤噗嗤的,"我说,"没有了那个,我觉得怎么都不对劲了。"

岛本笑了。"那个总不能称之为艺术性的表达吧。"

"管他什么艺术不艺术。那种东西叫秃鹫吃掉算了。不管别人怎么说,我就是喜欢有那两下刮擦杂音。"

"或许是这样,"岛本也承认,"不过秃鹫到底是什么?我只知道有秃鹰,却不知道有秃鹫呢。"

在回程电车上,我把秃鹫和秃鹰的区别详细向她说明。关于栖息地的不同,关于鸣叫声的不同,关于交尾期的不同。"秃鹫吃艺术为生,秃鹰则吃无名众生的尸体为生。完全不一样。"

"真是怪人。"她说着笑了。然后在电车椅子上,她的肩膀只是稍微碰到我的肩膀而已。那是在那两个月里我们的身体唯一互相碰到的一次体验。

就这样三月过去了,然后四月来了。小女儿和大女儿开始上同一所幼儿园。女儿都离开身边之后,有纪子参加了地区性义工社团,帮助残障儿童机构开展工作。多半由我送女儿们上幼儿园,然后接她们回家。如果我没有时间,就由妻代替接送。孩子们都稍微长大一些了,因此知道自己也稍微老了一些。孩子们和我的思虑无关,她们自己会逐渐长大。当然我爱女儿。看着她们成长对我是一大幸福。不过实际上看着女儿们一个月一个月地长大起来,有时候会觉得非常苦闷。觉得好像在自己体内树木正持续快速成长、生根、发枝下去似的。那好像在压迫着我的内脏、肌肉、筋骨、皮肤,勉强往外推挤似的。这种想法有时候会令我苦闷得无法安眠。

我每星期和岛本见面谈话一次。然后接送女儿,一周抱妻几次。我觉得自从和岛本见面之后,比以前更频繁地抱有纪子了。不过那并不是因为罪恶感,而是希望借着抱有纪子和被有纪子抱,让自己总算安定于某个地方。

"你怎么了？最近有点奇怪哟。"有纪子对我说。那是在某一天下午和她拥抱过之后的事。"我没听说过男人三十七岁以后，性欲会突然增强的。"

"没什么，很普通啊。"我说。

有纪子看了一下我的脸，然后轻轻摇摇头。

"要命，你的脑子里到底在想什么？"她说。

我空闲的时候会一面听着古典音乐，一面从客厅窗口呆呆望着青山墓地。已经不像以前那么常看书了，要集中精神在书上已经逐渐困难。

坐奔驰260E的年轻女人后来也见过几次面。我们在等女儿们从幼儿园门口出来之前，偶尔会聊一聊。我们多半谈一些只有住在青山附近的人才会聊起的实际性话题。哪一家超级市场在哪一个时段停车场比较空啦，哪一家意大利餐厅的大厨换了因此味道也大为逊色啦，明治屋的进口葡萄酒下个月特卖啦。要命，这简直就是主妇们的井边会议嘛，我想。不过不管怎么说，这一类事情对我们的谈话而言是仅有的共通话题。

四月中旬岛本的影子又消失了。最后一次见面时，我们并排坐在"知更鸟巢"吧台前谈话。不过快十点时，酒吧那边打电话来，让我无论如何必须赶过去。"我大概三十分或四十分就回来。"我向岛本说。"好，没关系，你去吧。我看书等你。"她微笑着说。

办完事情急忙回到店里时，吧台座位上已经不见她的踪影。时

国境之南，太阳之西

钟指着十一点过一些。她在店里的纸火柴背面留言，就放在吧台上。上面写着："我想以后可能暂时不能来这里，我必须回去了，再见，保重。"

然后有一阵子，我变得非常手足无措。不知道要做什么好。我在家里毫无意义地走来走去，在街上闲逛，时间还很早就出去接女儿。然后和开 260E 的年轻女人谈话。我甚至和她到附近的咖啡店去喝咖啡。并且依然谈一些有关纪伊国屋的蔬菜啦，自然屋的有精卵啦，米奇童装屋特卖之类的话题。她说她是 YOSHIE INABA 品牌的粉丝，在当季服饰上市前，她就会先看商品目录，把想要的服装全部先预约下来。然后谈到表参道派出所附近以前有、现在已经不见了的美味鳗鱼饭屋。我们在谈话之间感情相当融洽。她比外表看起来爽快，脾气也好。不过我对她并不抱有性方面的兴趣。我只是必须找个人随便谈点什么而已。我要的是尽量无伤而无意义的谈话。我要的是怎么谈都不会碰到和岛本有关的话题。

没事做之后，我就到百货公司去买东西。曾经一次买过六件衬衫。为女儿们买玩具、洋娃娃，为有纪子买装饰品。到宝马展示间去了几次，绕着 M5 看来看去，并不打算买，却听着业务员一一说明。

不过这种浮躁不安的日子连续过了几星期之后，我又开始集中精神在工作上。我想总不能永远这个样子。我把设计师和装潢公司叫来，谈改装店铺的事。差不多也是该改变店内装潢、重新检讨经营方针的时候了。商店有应该安定的时期和应该变化的时期。这和人一样。不管什么东西,在同样的环境下持续不变,能量会逐渐慢慢下降。差不多该有变化时,我在那稍前就能稍微感觉到。所谓空中庭园是绝对不能让人们厌倦的。我决定首先改装吧台的一部分。把实际用起来发现不好用的设备换掉,以设计优先,不得不将不方便的部分换掉,将店铺改装成更富功能性。音响设备和空调设备也差不多该翻修了。其次菜单也要大幅调整。我连这些都一一征询每一个员工的现场意见,什么地方应该如何修改才好,都一一详细列出来。那是一张相当长的清单。我把自己头脑里已经成形的新店具体意象详细传达给设计师,请他照这意思画出图来,画好后又附加一些要求,让他重新画图。这样一连重复了好多次。每一种材料我都细心感觉,让装潢公司开出估价单,对品质和价格仔细提升或下调。光决定洗手间放香皂的台面就花了三星期。三星期里我为了选个理想的香皂台而走遍全东京的商店。这些工作真是忙死我了。不过这正是我所希望的。

五月过去,六月来了。但岛本还是没出现。我想她大概就此离去了。她写道"以后可能暂时"不能来。那"可能"和"暂时"两个暧昧字眼的暧昧性使我苦恼。她或许有一天还会再回来。不过我总不能呆呆坐在那边,等候着"可能"和"暂时"。这样的生活如果继续下去,我一定会变得没出息。总之我让自己集中精神于忙碌中。我比以前更频繁地去游泳。每天早晨不休息地游接近两千米。然后在楼上健身房练举重。大约一星期下来,肌肉都开始痛得受不了。在等红灯时左脚开始抽筋,几乎有好一会儿不能踩离合器。不过不久我的肌肉就把那样的运动量当作理所当然的接受了。那样繁重的工作使我没有空闲多想，每天切实地运动身体，使我能够得到日常水准的集中力。我避免发着呆度时间。无论做什么，都努力集中精神去做。洗脸时认真地洗脸，听音乐时认真地听音乐。实际上如果不这样做，我会活不下去。

夏天到了，我和有纪子经常周末带着孩子，到箱根的别墅去住。离开东京到大自然里，妻和女儿看起来都很轻松愉快。她们三个人摘摘花，用望远镜看看鸟，玩玩追逐游戏，在河里游游泳。或者只是悠闲地一起躺在庭院里。不过我想她们完全不知道事实的真相。如果那个下雪的日子，往东京的飞机不飞的话，我或许已经抛弃了一切，就那样和岛本两个人远走高飞了。如果是那一天，我是会舍弃一切的。工作、家庭、金钱，一切的一切都舍弃得一干二净。而且即使是现在，我依然一直继续在想着岛本。我还清清楚楚记得抱着岛本的肩膀，吻她嘴唇时的触感。还有我和妻做爱时，也无法把岛本的形象从脑子里赶走。我真正在想什么，没有人知道。就像岛本在想什么我也不知道一样。

我决定暑假来改装酒吧。当妻和两个女儿去箱根的时候，我一个人留在东京。亲自监督店的改装，给与仔细的指示。而在空当时间则到游泳池去游泳，在健身房继续举重。周末到箱根去，和女儿们一起到富士屋饭店的游泳池去游泳、吃饭。然后晚上我就拥抱妻的身体。

我虽然快要达到被称为中年的年龄了，但身上还没有什么赘肉，头发也看不出变薄的征兆。白头发一根都没有。由于持续运动的关系,也没特别感觉到体力的衰退。持续规律的生活,避免不节制,注意饮食,从来没生过病。外表看起来好像才三十出头。

妻喜欢抚摸我赤裸的身体。她喜欢触摸我胸部的肌肉,抚摸我完全平坦的腹部,玩弄我的阴茎和睾丸。她也去韵律教室认真地做有氧运动。不过她身上多余的赘肉却似乎很难消掉。

"真可惜上了年纪了,"她一面叹一口气一面说,"体重虽然减轻,但腹部的肉就是减不掉。"

"不过我喜欢你现在的身体呀。不必特地去减肥或节食,维持这样就好了。也不是特别胖啊。"我说。而且这不是说谎。我喜欢她长了薄薄一层肉的柔软身体。喜欢抚摸她赤裸的背部。

"你真是什么也不懂啊,"有纪子说着摇摇头,"不要说得那么简单,什么这样就好了。我要维持现在这个样子也必须很拼哪。"

在别人眼里看来,或许那样已经是没话说的人生了。有时候连在我自己的眼里,看起来都好像是没话说的人生。我热心地工作着,并且获得相当高的收入。在青山高级区拥有四房两厅的大厦住宅,在箱根山中拥有个小别墅,拥有宝马和吉普车。维持着一个无可挑剔的幸福家庭。我爱着妻和两个女儿。人生还有什么可求的呢?就算妻和女儿们走到我面前,向我低头说,自己希望做个更好的妻子和女儿,让我可以更爱她们,因此如果我希望她们做什么,请不要客气地说出来的话,我或许也想不出该说什么吧。我真的对她们没有任何不满。对

国境之南，太阳之西

家庭生活也没有任何不满。我想不到还有什么更舒适快乐的生活。

不过不见岛本的踪影之后，我常常觉得像在没有空气的月球表面一样。岛本不见了之后，这个世界已经没有我能敞开心扉的地方了。睡不着的夜里，我安静地躺在床上，会无数次又无数次又无数次地想起下着大雪的小松机场的事。反复无数次想起之间，我会想那记忆要是能够磨损该有多好。但那记忆却绝对不会磨损。反而越想起就越强烈地复苏过来。机场告示板上出现全日空往东京的班机延迟。窗外大雪纷飞。五十米外就看不见东西的大雪。岛本坐在椅子上，好像紧紧抱着自己的双肘似的安静坐着。她穿着海军蓝色厚毛呢大衣，围着围巾。那身体散发着眼泪和哀愁的气息。我现在都闻得到那气息。旁边妻正安静地发出沉睡的鼻息。她什么也不知道。我闭上眼睛摇摇头。她什么也不知道。

● ● ● ● ● ● ●

我想起在那关闭的保龄球馆的停车场，我用嘴把雪融化成水，再以亲吻将水喂进岛本口中让她喝时的情形。想起飞机座位上，靠在我臂弯中的岛本。想起那闭上的眼睛和像叹息时一般微微张开的嘴唇。她的身体柔软而疲倦无力。那时候，她真的需要我。她的心扉为我而开。然而我却停住了脚步。站定在这如同月球表面一般空虚的、没有生命的世界里。终于岛本离去了，我的人生又丧失了一次。

鲜明的记忆造成失眠的夜。在半夜里两点或三点的时刻醒过来，就那样再也睡不着。那样的时候，我会下床走到厨房，倒一杯威士忌喝。窗外是黑暗的墓地，看得见下方道路上来往车辆的车灯。手上拿着玻璃杯,我一直望着那样的风景。串联深夜和黎明的时间,漫长而黑暗。有时候,我也想过,如果能够哭出来或许会痛快一些。不过我不知道要为什么而哭,不知道要为谁而哭。要为别人而哭,我实在是个太任性自私的人。要为自己而哭,年纪又嫌太大了。

然后秋天到了。秋天到的时候,我的心几乎已经平静下来。我想,这样的生活不能一直继续下去。那是我最后的结论。

13

早上开车送完两个女儿到幼儿园之后，就和平常一样到游泳池去游两千米。我一面想象自己变成鱼一面游着。我只不过是鱼而已，可以什么都不想。连游泳都不必去想。我只是在这里，做我自己就行了。那就是做条鱼的意思。从池里上来，淋着浴，换上T恤和短裤，开始举重。

然后到家附近租来当办公室用的办公套房去，整理两家店的账簿，计算员工的薪资，着手拟订明年二月预定要开工的"知更鸟巢"改装工程计划书。然后一点钟回家，跟平常一样和妻两个人一起吃中饭。

"啊，对了，爸爸早上打电话来，"有纪子说，"还是一样匆忙的电话，不过总之是股票的事。说是绝对有赚头的股票，要我们买。听说照例是极机密的股票消息，不过爸爸说这次特别不同。不是跟平常一样的，这次不是消息而是事实噢。"

"既然这样确实能赚钱，就不用告诉我，爸爸只要自己去买就好了。为什么不那样做呢？"

"他说这是对你上次帮忙的答谢。爸爸说这是私人性的答谢，只要这样说你就会知道。我不知道指的是什么。所以爸爸特地把他自己持有的部分挪出一些给我们。他说能动用多少钱,就尽量动用,不用担心,一定会赚。如果不赚,赔的由他来补。"

我把叉子放在意大利面的盘子上,仰起脸。"然后呢?"

"因为他说要尽量早买,所以我打电话把两个定期存款解约,把钱汇去证券公司中山先生那里,请他帮我们立刻买进爸爸指定的股票。现在暂且总共只能动用到八百万左右。你看是不是要再多买些比较好呢?"

我喝了玻璃杯的水。然后寻思应该开口说什么。"哦!做这种事之前,为什么不跟我商量一下?"

"说什么商量,你平常不都是照爸爸说的买吗?"她满脸不明白地说,"你不是叫我做过好多次吗?你说照爸爸说的,你自己去看着办吧。所以这次我也这样做啊。因为爸爸说能早一小时买就尽量早买好,所以我就照他说的买了。而且你到游泳池去也联络不上啊,这有什么不对吗?"

"算了,没关系。不过你早上买的能不能帮我全部卖掉?"我说。

"卖掉?"有纪子说。然后以一副看什么耀眼的东西时的样子,眯细了眼睛注视我的脸。

"只要把今天买的全部卖掉,重新存回银行的定存就行了。"

"可是这样一来,光是买卖股票的手续费、银行的手续费,就要损失不少啊。"

"没关系,"我说,"手续费只要照付就行了。损失一点也没关系。总之今天买的完全不动地全部给我卖掉。"

有纪子叹了一口气。"你上次和爸爸发生了什么事？是不是为了爸爸而扯上什么奇怪的事了？"

我没有回答。

"一定有什么事,对吗？"

"有纪子,说真的,我对这种事情已经逐渐觉得厌倦了,"我说,"只不过这样而已。我不想从股票赚钱。我要靠自己工作,用自己的手赚钱。我一向也都做得不错吧？钱的事情,到目前为止应该没有让你操心过,对吗？"

"嗯,当然这点我很了解,你一直做得很好,我也从来没有抱怨过,不是吗？我很感谢你,尊敬你呀。不过那是另一回事,这件事爸爸也是一番好意才告诉我们的。爸爸只是要对你好啊。"

"这个我知道。不过,所谓的极机密消息你以为是什么？你以为绝对能赚钱到底又是怎么回事？"

"不知道。"

"那是操纵股票啊,"我说,"你知道吗？公司内部故意操纵股票,以人为手法创造高利,让自己人互相分得。然后把那些钱流进政界,或变成企业的秘密资金。这和爸爸以前劝我们买的股票不一样。以前的是可能会赚的股票。那只是口传的消息。虽然大多赚了,但也不是没有不顺利的情形。但这次不一样,我有点闻得出味道不对的样子。

可能的话，我不想被牵连进去。"

有纪子手上拿着叉子，想了一会儿。

"不过，那真的像你说的是不正常的股票操纵吗？"

"如果真的想知道，你可以直接问爸爸啊，"我说，"不过，有纪子，这点我要说清楚，这个世界上没有绝对不赔的股票。如果有绝对不赔的股票，那就是不正常交易。我父亲在退休之前，在证券公司上了将近四十年的班。从早到晚真的很努力地工作。不过我父亲最后留下来的，说起来也只不过是一间小小的房子而已。大概是天生不懂要领吧。我母亲每天晚上瞪着家计账簿，还要为一百圆两百圆收支对不起来而头痛呢。你知道吗，我是在这样的家庭长大的。你说一时只能挪动八百万而已，不过有纪子，这是真正的钱，不是用在玩大富翁游戏的纸币。一般人每天坐着电车摇摇晃晃到公司去上班，再尽可能加班，拼命地工作，一年也很难赚到八百万的。我也持续过了八年这样的生活。可是当然年收入也达不到八百万。做了八年之后，那样的年收入还是梦想中的梦想。你一定不晓得那是怎么样的生活。"

有纪子什么也没说。她嘴唇紧闭，一直盯着餐桌上的盘子。我发现我声音比平常大，于是降低了些。

"你若无其事地说半个月之内投资的钱就一定可以增加为两倍。就是说八百万可以变成一千六百万。不过我觉得这种感觉有什么地方不对劲。而且我也在不知不觉中，逐渐被吞进这错误之中。也许我自己也正在加重这错误。我最近逐渐觉得自己好像变得空空的。"

有纪子隔着桌子一直注视着我。我就那样继续沉默地吃着中饭。感觉到自己体内有什么在战栗。不过我不太清楚那是焦躁还是愤怒。但不管那是什么,我都无法制止那战栗。

"对不起。我并不知道这样做是多余的。"过了很长时间之后,有纪子以平静的声音说。

"没关系。我不是在责怪你,也不是在责怪任何人。"我说。

"买进来的,我现在立刻就去打电话,一股也不留地全部卖掉。所以你不要再那样生气了。"

"我一点也没有生气。"

我沉默地继续吃着。

"你是不是有事要告诉我?"有纪子说。而且一直盯着我的脸看。"如果心里有事,能不能坦白对我说?就算很难说出口的事也没关系。如果我能为你做什么的话,我一定做。虽然我不是什么了不起的人,对人情世故也好,开店做生意也好,都不太灵通,但我不愿意让你不快乐。希望你不要一个人那样苦着脸。你对现在的生活是不是觉得有什么不满?"

我摇摇头。"没有什么不满。我喜欢现在的工作,也觉得干得很有意义。当然我也喜欢你。只是爸爸的做法我有时候会觉得无法苟同而已。我对他这个人并不讨厌。这次的事也是一番好意,这我心领了。所以我并没有生气。只是有时候我对自己这个人也不了解。我对自己已经失去信心,不知道自己做的是不是真的正确。所以我心里很混乱,并不是在生气。"

"不过看起来好像在生气的样子。"

我叹了一口气。

"而且经常像这样在叹气,"有纪子说,"总之你最近看起来好像有点焦躁不安。常常一个人好像在想什么似的。"

"我不知道。"

有纪子的眼神并没有从我脸上移开。

"你一定是在想什么,"她说,"不过,我不知道你在想什么。但愿我能帮上忙。"

我突然有一股强烈的冲动,想把一切的一切都向有纪子全盘托出。我想如果能把自己的心事,全部丝毫不保留地说出来,不知道会变得多轻松。这样一来,我就不必再隐瞒什么。也不需要演技,不需要说谎。有纪子啊!其实除了你之外,我还喜欢另一个女人,我无论如何忘不了她。我好几次悬崖勒马,为了保护你和孩子们的这个世界而悬崖勒马。不过我已经再也忍不住了。我已经停不下来了。下次她如果再出现,我无论如何都要抱她。我已经没办法再忍耐了。我曾经一面想着她一面拥抱你。我甚至一面想着她一面自慰。

不过当然我什么也没说。现在向有纪子表白这些事情,又有什么用?很可能只有使我们所有的人陷入不幸而已。

吃完饭,我回到办公室准备继续工作,但脑子却已经无法集中在工作上。因为自己对有纪子过分高压的说话方式，让自己觉得很讨厌。虽然我所说的话本身可能并没有错，但那是应该从更体面的人嘴里说出来的话。我对有纪子说谎，背着她和岛本约会。我完全没有资格对有纪子说这么自以为是的话。有纪子认真地为我设想。那是非常明显的，而且始终如一。然而和那比起来，我的生活方式，到底有没有值得一提的一贯性和信念呢？这样东想西想之下，我已经什么也做不下去了。

我把脚跷到桌上，手里拿着铅笔呆呆望着窗外很久。办公室窗外看得见公园。因为天气很晴朗，所以公园里有好几组妈妈带着孩子。孩子们在沙坑和滑滑梯的地方玩，母亲们则聚在一起聊着天。在公园里玩耍的孩子们让我想起自己的女儿们。我好想见她们，而且就像平日经常做的那样，两边手上各牵一个孩子去散步。我想感觉她们血肉的温暖，但想着女儿之间，我又想起了岛本。我想起她微微张开的嘴唇。岛本的形象远比女儿们的形象更强烈。一开始想到岛本，就没办法再想其他任何事情了。

我离开办公室，走到青山道，走进经常和岛本约会的咖啡店去喝咖啡。我在那里看书，书看累了就想岛本。想起在那家咖啡店里曾经和岛本谈过话的片断。想起她从皮包掏出沙龙香烟用打火机点火的样子。想起她不经意地撩起额头前的头发，稍稍侧着头微笑的样子。但不久又对自己一个人坐在那里不动觉得厌倦，于是便一直散步到涩谷。平常我喜欢走在街上，望着路边形形色色的建筑物和商店，看看各色各样的人营生的姿态。喜欢自己以两只脚在街上移动的感觉本身。但今天，周遭围绕着我的一切东西，看起来都显得阴郁而空虚。看起来所有的建筑物都好像快要倒塌了，所有的行道树都好像黯然失色了，所有的人都好像失去了新鲜的感情，舍弃了生动的梦境似的。

我找一家尽量空的电影院进去，眼睛一直盯着银幕。电影演完了，我走出黄昏的街头，走进眼前所看到的一家餐厅，简单地用餐。涩谷车站前面被下班的上班族人潮挤得满满的。简直像在看卷速加快的电影似的，一班又一班的地铁持续开进来，把月台上的人潮吞进去。这么说来，我就是在这一带发现岛本身影的，我想。那已经是将近十年前的事了。我那时候二十八岁，还单身。而且岛本脚还跛着。她穿着红色大衣，戴着大太阳眼镜。然后她从这里走到青山。感觉上那已经是非常遥远的从前所发生的事了。

我按着顺序一一想起那时候眼前所看见的情景。在年底拥挤的人潮中，她的脚步，所转过的每一个街角，阴沉的天空，她手上所提的百货公司购物袋，手都没碰一下的咖啡杯，圣诞歌曲。我再度后悔当初为什么没有鼓起勇气向岛本开口招呼。那时我没有任何约束，也没有什么必须抛弃的牵绊。我大可以当场紧紧拥抱住她，随便要去哪里都行。就算岛本有什么困难，至少也应该可以尽全力去解决。然而我竟然失去了那次机会，被那个奇怪的中年男人捉住手肘，就在那时眼看着岛本上了计程车离去。

我搭黄昏拥挤的地铁回到青山。在我进电影院的时候，天气突然

国境之南，太阳之西

变坏，天空被满含湿气的阴云所覆盖。看来马上就要下雨了。我没带伞，还穿着连帽运动外衣、牛仔裤和运动鞋，是早上去游泳池时穿的衣服。本来应该先回家一次，像平常一样换上西装。但不想回家。我想算了。就算一次不打领带就到店里去，也不会有什么损失啊。

　　七点已经开始下雨了。静悄悄的雨，却像是会连续下很久的绵长秋雨。我和往常一样先到酒吧那边露个面，看看来客的情况。由于事先周密的计划，施工期间一直在现场监督，最终装潢工程连细节部分都是依照我的希望完成的。店比以前好用，看起来也比以前舒适。灯光照明变得更柔和，使音乐气氛更谐调。我在店铺后面设了一个独立的厨房，聘请了一名正牌的厨师。菜单上列出看起来简单其实制作很精致的餐点。没有多余的附属，但外行人却绝对做不出来的精品，这是我的基本方针。而且这些只不过是下酒菜，吃的时候必须不麻烦。此外每个月必须换新菜单。能够符合我这些要求的厨师并不容易找。虽然总算找到了，但必须付出高额的薪水。我付给他远比预定高出许多的薪水，而他也做出和薪水相当的成果，使我觉得很满意。客人似乎也都非常满意。

　　九点过后我撑着店里的伞转到"知更鸟巢"那边。然后九点半岛本来了。真不可思议，她总是在下着静静的雨的夜晚出现。

14

岛本穿着白色连衣裙,上面罩一件海军蓝色宽大短外套。外套襟上别着一个银色的鱼形小胸针。连衣裙没有任何装饰,式样非常简单,但穿在岛本身上却显得无比高雅而有装饰感。她看起来好像比以前稍微晒黑了一点。

"我以为你再也不会来了呢。"我说。

"你每次看见我都说一样的话。"她这样说着笑了。她和平常一样在吧台前我旁边的位子坐下,双手放在吧台上。"我不是留言说我暂时不能来吗?"

"所谓暂时,岛本哪,对等候的人来说,这字眼是没办法衡量长度的。"我说。

"不过,有些状况下可能有必要使用这样的字眼,有时候只能用这样的字眼哪。"她说。

"还有所谓可能也是无法估计重量的字眼。"

"说得也是。"她说,脸上露出往常那轻轻的微笑。那微笑让人觉得好像是从遥远的地方吹来的轻柔的风似的。"确实正如你所说的,对不起。我不是在找理由解释，不过没办法，我只能用那样的字眼。"

"你不用向我道什么歉。以前也说过，在这店里，你是客人哪。你只要想来的时候来就行了。我已经很习惯，我只是在自言自语而已，你根本不需要介意。"

她叫酒保来点了鸡尾酒。然后好像在检点什么似的把我全身上下打量了一番。"今天难得穿得这么轻松啊。"

"早上去游泳时穿的。然后就没时间再换了，"我说，"不过偶尔这样也不错。觉得好像又回到本来的自己一样。"

"看起来比较年轻噢，实在看不出有三十七呢。"

"你也真的看不出三十七。"

"不过也不像十二岁。"

"也不像十二岁。"我说。

鸡尾酒送来，她喝了一口。然后好像在侧耳倾听什么细小的声音似的悄悄闭上眼睛。她一闭上眼睛，我就能看到每次都会出现的那眼睑上的一道细线。

"阿始啊，我常常想到这家店的鸡尾酒，想喝它。不管在哪里喝鸡尾酒，总觉得跟在这里喝的鸡尾酒有一点不一样。"

"到什么遥远的地方去了吗？"

"为什么这么想？"岛本反问我。

"看起来好像是这样啊，"我说，"你周围好像有这种气息。很长一段时间一直在一个很远的地方似的。"

她抬起头看我。然后点点头。"阿始啊，我有很长一段时间……"她说出一半，忽然又像想起什么似的沉默下来。我看着她在自己心中寻找词句的样子。但似乎并没有找到适当的词句。她咬着嘴唇，然后又再微笑。"对不起，总之，我应该跟你联络的，可是我，有些东西想还是不要碰比较好，我想让它完整地保存着。我到这里来，或者不到这里来。到这里来的时候我就到这里来。不到这里来的时候——我就是在别的地方。"

"没有中间噢？"

"没有中间，"她说，"因为，中间性的东西不存在啊。"

"在中间性的东西不存在的地方，中间也不存在。"我说。

"对，在中间性的东西不存在的地方，中间也不存在。"

"就像在狗不存在的地方，狗屋也不存在一样。"

"对，就像狗不存在的地方，狗屋也不存在一样。"岛本说。然后以一副很奇怪的样子看着我。"你有一种不可思议的幽默感呢。"

钢琴三重奏开始和平常一样演奏起《Star Crossed Lovers》，我和岛本暂时沉默下来听着那曲子。

"嗨，我可以问你一个问题吗？"

"请。"我说。

"这曲子跟你有什么关系吗？"她问我，"我觉得你每次来这里的时候，他们好像都会演奏一次这首曲子似的，这是规定还是什么？"

"不是什么特别的规定，只是他们的好意而已。他们知道我喜欢这曲子,所以每次我在这里,他们都会为我演奏这曲子。"

"好棒的曲子啊。"

我点点头。"非常漂亮的曲子。不过不只是这样,它也是一首很复杂的曲子。听很多次就会知道。不是每个人都能简单演奏的曲子,"我说,"《Star Crossed Lovers》是艾灵顿公爵跟比利·斯特雷霍恩从前作的,大概一九五七年吧。"

"《Star Crossed Lovers》,"岛本说,"那是什么意思?"

"生于恶劣星座之下的恋人们。薄幸的恋人们。英文有这样的词句。这里指的是罗密欧和朱丽叶。艾灵顿公爵和比利·斯特雷霍恩为了在安大略的莎士比亚纪念日演奏而创作的包含这首曲子的组曲。首演时,强尼·霍吉斯的中音萨克斯风演奏朱丽叶的角色,保罗·戈索尔夫斯的次中音萨克斯风演奏罗密欧的角色。"

"生于恶劣星座之下的恋人们,"岛本说,"简直像是为我们而作的曲子嘛。"

"我们是恋人吗?"

"你不觉得吗?"

我看着岛本的脸。她脸上已经没有微笑。只有瞳孔中还看得见微弱的光辉般的东西。

"岛本,我对现在的你一无所知啊,"我说,"我每次看你的眼睛时都这样觉得,我对你一无所知,我能够勉强说知道的,只有十二岁时的你而已。住在附近的同班同学的岛本。那距离现在已经是二十五年前的事了。那是个流行扭摆舞、有轨电车还在地面跑的时代。还没有卡式录音带、卫生棉球、新干线、减肥食品的时代。遥远的古老时代。我除了那个时候的你之外,几乎对你一无所知。"

"我的眼睛这样写吗,写着你不知道我?"

"你的眼睛什么也没写,"我说,"那是写在我眼睛里的。写着我对你一无所知。只是这个映在你的眼睛里而已呀。你什么都不用介意。"

"阿始啊,"岛本说,"我什么都不能对你说,我觉得真的很抱歉。我真的这样觉得。不过那是没办法的。我也一点办法都没有。所以你什么也别说了。"

"就像我刚才说的,这只是自言自语而已,所以你不用介意。"

她手放在衣襟上,用手指长久抚摸着鱼形胸针。然后什么也没说地一直安静听着钢琴三重奏的演奏。演奏完毕之后,她拍拍手,喝了一口鸡尾酒。然后长叹了一口气之后,看我的脸。"六个月确实蛮长的啊,"她说,"不过总之,我想以后可能暂时能来这里。"

"魔力语啊。"我说。

"魔力语?"岛本说。

"可能和暂时。"我说。

岛本面带微笑地看着我的脸。然后从小皮包里拿出香烟,用打火机点着。

"看着你,有时候会觉得像在看一颗遥远的星星似的,"我说,

"看起来非常明亮,不过那光却是几万年之前发出来的,那或许是现在已经不存在的天体发出来的光也说不定。不过有时候,它看起来却比任何东西都更真实。"

岛本沉默着。

"你就在那里,"我说,"看起来好像在那里,但你或许已经不在那里了。在那里的或许只不过是你的影子似的东西,真正的你或许正在别的地方。或者在很久以前已经消失了。我对这些逐渐弄不清楚了。即使我伸出手想要确定一下,但你的身体总是隐藏进所谓'可能'和'暂时'之类的词语里。嘿,这要继续到什么时候啊?"

"目前可能还会这样。"她说。

"你有一种不可思议的幽默感呢。"我说。然后笑了。

岛本也笑了。那就像雨停之后,云无声地裂开,最初的阳光从那里漏出来似的微笑。眼睛旁边形成温和的微小皱纹,给了我某种美好的约定。"阿始啊,我要给你一个礼物噢。"

然后她把用漂亮的包装纸包着、红色丝带系着的礼物交给我。

"这看起来好像是唱片啊。"我掂掂那重量说。

"是纳京高的唱片。从前我们常常在一起听的唱片。很怀念吧?送给你。"

"谢谢。不过你不需要了吗?这是你父亲的纪念品啊。"

"我还有好几张其他的,所以没关系,这张送给你。"

我一直注视着那依然包在包装纸里,还系着丝带的唱片。在那之间，人们的嘈杂声，钢琴三重奏的演奏声，简直就像潮水引退下去时一般，一直退得好远。在那里只有我和岛本两个人而已，其他的东西，都只不过是幻影。在那里既没有一贯性，也没有必然性。那些只不过是临时拼凑的舞台布景似的东西而已。那里真正存在的，只有我和岛本。

"岛本，"我说，"我们找一个地方，两个人一起听这个好吗？"

"要是能这样的话，那一定很棒。"她说。

"我在箱根有一个小别墅。那里没有别人，而且有音响。这个时间开车去只要一个半小时就可以到。"

岛本看看手表，然后看看我的脸。"现在去呀？"

"是啊。"我说。

她好像在看什么很远的东西似的把眼睛眯细了看着我的脸。"现在已经十点多了。现在到箱根再回来会很晚喏。你这样没关系吗？"

"我没关系，你呢？"

她重新看了一次表。然后她闭上眼睛十秒钟。张开眼时，她脸上露出一种新的表情。她闭上眼睛的时候，好像到什么遥远的地方去，把什么东西放在那里，然后再回来似的。"好啊，走吧。"她说。

我把相当于经理职务的员工叫来，告诉他今天我要先走，其他的事由他来处理。把收银机关掉，整理票据，收款存进银行的夜间金库就行了。我走到大楼的地下停车场开出宝马。然后用附近的公共电话

国境之南，太阳之西

打给妻，说现在要到箱根去。

"现在？"她惊讶地说，"为什么现在非去箱根不可呢？"

"想要想一点事情。"我说。

"那么今天不回来了？"

"大概不回来。"

"嗨，"妻说，"刚才的事对不起。我想了很多，我想是我不好，你说得很对，股票我都全部处理掉了，所以请你回家吧。"

"有纪子，我没有生你的气，完全没有生气。刚才的事你不要在意。只是很多事情我需要思考，请让我思考一个晚上就好。"

她沉默了一会儿。"我知道了。"妻说。她的声音似乎很疲倦。"没关系，你到箱根去好了。不过开车要小心喏，下着雨呢。"

"我会小心。"

"很多事情我都不明白，"妻说，"你是不是觉得我很累赘。"

"没有啊，"我说，"你没有任何问题，也没有责任。如果有问题的话，那是我这边。所以那件事你不要再挂心了。我只是想思考一些事情而已。"

我挂上电话，然后开车回店里。有纪子大概一直在为中饭桌上我们所交谈过的话想东想西。想我说过的，想自己说过的。这从她的音调可以听出来。一种非常疲倦而困惑的声音。想到这里，我心情变得很过意不去。雨还继续下得很大。我让岛本上车。

"你要不要联络一下什么地方？"我问岛本。

她默默摇摇头。然后像从羽田机场回来时那样,脸好像快要碰到玻璃窗上似的一直望着窗外。

往箱根的路很空。我走东名高速公路,从厚木下高速,沿着小田原厚木道路笔直开到小田原。速度表针在 130 到 140 之间上下移动。雨偶尔变得很猛烈,但路是走惯了的熟路,我记得途中所有的转弯和坡道。我和岛本上了高速公路之后几乎没有开口。我小声地放莫扎特的四重奏来听,集中精神于开车。她好像一面一直注视着窗外,一面在思考着什么。有时候她会转过头来面向我,一直望着我的侧面。被她这么看着,我嘴里好干渴,我为了镇定情绪不得不吞了好几次口水。

"阿始啊。"她说。那时候我们正开在国府津一带。"你除了在店里之外不太听爵士吗?"

"是啊,不太听。平常大多听古典。"

"为什么?"

"我想大概是因为我把爵士这种音乐当作工作了,所以走到店外之后,想听听别的东西吧。除了古典之外也听摇滚。不过几乎都不听爵士。"

"你太太听什么音乐?"

"她不太自己主动去听音乐。都是我在听她就一起听。但几乎没有自己放唱片听过。我想也许连唱片怎么放她都不知道吧。"

她把手伸进卡带箱,拿起几盒来看。其中也有为了和女儿们一起唱的儿歌。《狗警察》和《郁金香》之类的。我们去幼儿园或回家的路上常常放来跟着唱。岛本很稀奇地看了一会儿那附有史努比漫画标签的卡带。

然后她又一直望着我的侧面。"阿始啊，"过了一会儿她说，"从旁边这样看你开车，我好几次想干脆伸手把那方向盘转动一下看看。那样的话一定会死掉吧？"

"嗯，确实会死。因为时速130公里呀。"

"你不喜欢和我在这里一起死吗？"

"这样死不太漂亮噢，"我笑着说，"而且也还没听唱片哪。我们不是来听唱片的吗？"

"没关系。我不会这样做的，"她说，"只是有时候试着这样想一下而已。"

虽然还是十月初，但箱根的夜晚已经相当冷了。到别墅之后，我把电灯打开，客厅的瓦斯暖炉点着，然后从柜子里拿出白兰地玻璃杯和白兰地酒。过了一会儿房间暖和起来，我们像从前一样并排坐在沙发上，把纳京高的唱片放在唱盘上。暖炉火红红地燃烧着，映在白兰地玻璃杯上。岛本两脚缩到沙发上，弯进腿下似的坐着。然后一只手搭在靠背，一只手放在膝盖上，和从前一样。那时候的她，大概不太想被看到脚吧。而那习惯，即使在手术治好脚之后的现在依然保留着。纳京高正唱着《国境之南》。这曲子真是好久没听了。

"说真的,小时候我每次一面听这张唱片,都会一面很不可思议地想国境之南到底有什么呢?"我说。

"我也是,"岛本说,"长大以后读了那歌词,觉得好失望噢。只不过是关于墨西哥的歌嘛。我觉得国境之南应该有更不得了的东西呀。"

"例如什么样的东西?"

岛本用手把头发往后拨,再轻轻束起来。"不知道啊。好像有什么很漂亮、很大、很柔软的东西。"

"有什么很漂亮、很大、很柔软的东西,"我说,"那是可以吃的东西吗?"

岛本笑了。微微看得见嘴里露出的白牙齿。"我想可能不能吃吧。"

"你想可以摸吗?"

"我想可能可以摸吧。"

"我觉得好像太多可能了。"我说。

"那是个有很多可能的国家啊。"她说。

我伸出手,触摸她搭在椅背上的手指。真是好久没有接触她的身体了。自从由小松机场到羽田机场的飞机上之后就没有过。我碰到那手指后,她稍微抬起头来看我,然后又低下眼睛。

"国境之南、太阳之西。"她说。

"那是指什么,所谓太阳之西?"

"有那样的地方啊,"她说,"你听说过一种叫作西伯利亚歇斯底

国境之南，太阳之西

里的病吗？"

"没有。"

"以前我不知道在哪里读到过这样的事情。大概是初中时候吧。不过我怎么也想不起来是什么书上写的了……总之那是住在西伯利亚的农夫得的病。你想象一下，你是一个农夫，只有一个人住在西伯利亚的荒野。然后每天每天耕着田。眼前所看见的四周围，什么也没有。北边有北边的地平线，东边有东边的地平线，南边有南边的地平线，西边有西边的地平线，只有这样而已。每天当太阳从东边的地平线升起时，你就到田里工作，太阳升到正上方时，就停下工作吃午饭，太阳沉入西边的地平线时，就回家睡觉。"

"那听起来和在青山地区经营酒吧好像是相当不同的人生啊。"

"是啊。"她说着微笑了。然后稍稍偏一下头。"大概是相当不同吧。那样每年每年、每天每天地继续呀。"

"不过冬天西伯利亚不能耕田吧？"

"冬天休息呀，那当然，"岛本说，"冬天每天留在家里，做在家里可以做的工作。然后春天来了，再出去田里劳动。你就是那样的农夫噢，想象一下。"

"我在想啊。"我说。

"然后有一天，你体内有某个东西死去了。"

"你说死去，是什么样的东西？"

她摇摇头。"不知道啊，某个东西嘛。就在每天每天重复看着太

国境之南，太阳之西

阳从东边的地平线升起，通过天空中央，往西边沉下去之间，你体内的某个东西忽然啪一声断掉死去了。于是你把锄头丢在地上，就那样什么也不想地一直朝西边走去。朝着太阳之西，然后就像着了魔似的好几天好几天都不吃不喝地继续走着，最后就那样倒在地上死掉了。这就是西伯利亚歇斯底里。"

我脑子里浮现出扑倒在大地上死去的西伯利亚农夫的样子。

"太阳之西到底有什么？"我问。

她又再摇摇头。"我不知道。可能什么也没有，可能有什么也不一定。不过总之，那是个和国境之南有点不一样的地方噢。"

纳京高唱《Pretend》时，岛本就小声地和小时候一样跟着唱起来。

Pretend you are happy when you are blue.
It isn't very hard to do.

"岛本，"我说，"自从你不见了以后，我一直在想你，大约有半年时间喏。将近六个月里，每天从早到晚我都在想你。想到不要再想你了，可是还是没办法停下来。然后最后我这样想，我不要你再去任何地方了，我不能没有你，我再也不要失去你、看不到你。再也不要听到暂时这字眼。也讨厌所谓的可能。我这样想。你说暂时不能见面，然后就失踪了。可是谁也不知道你是不是真的有一天会回来。没有任何确定的证据呀。说不定你永远也不会再回来了，说不定我会再也看不到你，就这样走完人生。想到这里，我心里难过得不得了。觉得我身边所有的一切都没有意义了。"

岛本什么也没说地看着我。她脸上一直露出同样淡淡的微笑。那是不会被任何东西动摇的安静微笑。不过我从那里读不出她的感情之类的东西。那微笑，并没有告诉我任何有关潜藏在另一侧的东西的样子。面对那微笑，我一瞬间觉得连自己的感情也快要迷失了似的。变成完全不知道自己到底在哪里、自己在朝什么方向走。不过我还是花了一些时间，找到我应该开口说的话。

"我爱你。这是真的。我对你的感情，是其他任何东西都代替不了的，"我说，"那是很特别的东西，是我绝对不愿意再失去的东西。到目前为止，我看不到你，失去你好几次。但那样是不对的。是错误的。我不应该失去你。这几个月里，我非常清楚。我真的爱你，我已经无法忍受没有你的生活，我不希望你再去任何地方。"

我说完之后，她暂时什么也没说地闭上眼睛。暖炉的火熊熊燃烧着，纳京高继续唱着古老的歌。我想再补充说点什么，但已经没话说了。

"阿始啊，你好好听我说，"过了好久之后岛本才说，"因为这是非常重要的事，所以请你好好听。就像刚才说过的，对我来说中间性的东西是不存在的。我心目中是没有中间性的东西的，在中间性的东西不存在的地方，中间也不存在。所以你要么全部接受我，要么不要我，只能是其中之一。这是基本原则。如果你觉得继续维持现在的状况也没关系的话,我想可以继续,虽然我不知道能维持到什么时候,但我会尽量努力去维持。我能来的时候就来看你。为了这个我也已经很努力了。不过不能来的时候,就不能来。并不能随心所欲地随时来看你。这点我要说清楚,不过如果你不喜欢这样的话,如果你不愿意我再离开的话,你必须要我的全部。我的事情从头到尾全部接受。我跛着的脚,我所包含的东西的全部。而且我也会要你的全部。全部噢。这点你明白吗?你知道这意味着什么吗?"

"我非常明白。"我说。

"这样你还真的想跟我在一起吗?"

"我已经决定了,岛本,"我说,"你不在的时候,我已经想过好多好多次了,而且我已经下定决心了。"

"可是阿始啊,你太太和两个女儿怎么办?你也爱你太太和女儿吧?你应该是非常珍惜她们的。"

"我是爱她们,非常爱,而且非常珍惜,正如你所说的。不过我知道——这样是不够的。我有家庭,有工作。我对两方面都没有不满,到目前为止,我想两方面都很顺利。我想甚至也可以说我很幸福。不过,只是这样还不够。我知道。自从一年前遇到你之后,我变得非常清楚。岛本,最大的问题是我欠缺了什么。我这样一个人,我的人生,空空地缺少了什么,失去了什么,而那个部分一直饥饿着,干渴着。那个部分不是妻子,也不是孩子能够填满的。这个世界上只有你一个人能够做到。跟你在一起,我才感觉到那个部分满足了。而且满足之后，我才第一次发现，过去的漫长岁月，自己是多么饥饿、多么干渴。我再也没办法回到那样的世界去了。"

岛本双手环抱我的身体，轻轻靠过来，她的头依在我肩膀上，我可以感觉到她柔软的肉体正温柔地压在身上。

"我也爱你呀，阿始。我出生到现在除了你没有爱过别人。我有多爱你，我想你一定不知道。我从十二岁开始就一直爱你呢。不管被谁拥抱，总是想到你。所以我才更不想见你。和你见过一次面之后，就会变得无法忍受。可是也不能不去看你。本来想只要看到你的脸就立刻回去的，但真的见面之后，又不能不说话，"岛本轻轻把头放在我肩膀上休息似的说，"我从十二岁开始，就希望被你拥抱，不过你大概不知道吧？"

"不知道。"我说。

"我从十二岁开始，已经想赤裸着身子和你拥抱呢。你一定也不知道吧？"

我抱紧她的身体，吻她的唇。她在我手臂中安静地闭着眼睛，身体一动也不动。我的舌头和她的舌头相亲，我感觉到她乳房下心脏的鼓动，那是激烈而温暖的鼓动。我闭上眼，想起她心中红色的血。我抚摸她柔软的头发，闻着那气味。她双手放在我背上，好像在渴求什么似的游移着。唱片唱完了，唱盘停止下来，唱针回到支架上。四周只有雨声重新包围着我们。过一会儿之后岛本张开眼，看着我的脸。"阿始，"她小声地像耳语似的喃喃说，"真的这样可以吗？你真的要我吗？你为了我可以把一切都舍弃吗？"

我点头。"可以，我已经决定了。"

"可是如果你没遇到我，你对现在的生活就不会感觉不满或有疑问，会就那样安安稳稳地过一辈子，对吗？"

"也许是吧，不过事实上我遇见了你，而且那已经回不去了啊，"我说，"就像你以前说过的，有些事情已经再也回不去了。只有往前走。岛本，不管什么地方，我们到两个人能去的地方，然后两个人重新开始。"

"阿始，"岛本说，"衣服脱掉让我看看你的身体好吗？"

"我脱吗？"

"是啊。你把衣服全部脱掉，让我先看你的裸体，不喜欢吗？"

"可以呀，只要你想要这样，"我说，我在暖炉前面脱衣服。我脱下连帽运动外套，脱下 Polo 衫，脱下牛仔裤，脱下袜子，脱下 T 恤，脱下内裤，然后岛本要赤裸的我双膝跪在地上，我的阴茎已经勃起得又硬又大，那使我觉得害羞。她从稍微离开的地方一直注视着我的身体，她还连外套都没脱。

"只有我一个人脱掉衣服觉得好奇怪。"我笑着说。

"非常棒啊，阿始。"岛本说。然后她来到我旁边，用手指轻轻包住我的阴茎，吻我的嘴唇。然后她把手放在我胸上，她花很长的时间舔我的乳头，抚摸我的阴毛，耳朵贴在我肚脐上，嘴吻睾丸，她亲吻我的全身，连我的脚底都吻，她好像在爱恋着时间本身似的，好像在抚摸着、吸着、舔着时间本身似的。

"你不脱衣服吗?"我问。

"等一下,"她说,"我想要这样一直看着你,再多舔舔你、摸摸你。因为如果我现在就脱,你一定马上就想碰我的身体,对吗?就算说还不行也忍不住吧,可能。"

"可能噢。"

"我不想要那样。我不要那么急。因为我们花了这么长的时间才来到这里呀。我要先亲眼看看你身体的全部,亲手接触,亲自用舌头舔。我要一一花时间去确认。不先这样做,我就没办法往前走。阿始啊,如果我做的有什么奇怪的地方,也请你不要介意,我只是必须这样做才这样做的。你什么也不要说,让我这样做吧。"

"没关系呀。你喜欢怎么样就怎么样吧。不过被你这样盯着瞧,总觉得好奇怪哟。"我说。

"可是你不是说你是我的吗?"

"是啊。"

"那就没什么好害羞的啊。"

"确实没错,"我说,"一定是还不习惯吧。"

"不过,请你再忍耐一下。因为这样做是我长久以来的梦。"岛本说。

"这样看我的裸体是你的梦吗?你穿着衣服看我的裸体,摸我的身体吗?"

"对，"她说，"我从以前开始就一直在想象你的身体。你的裸体到底是什么样子，你的鸡鸡是什么样子，会变多硬、多大呢？"

"为什么想这个呢？"

"为什么？"她说，"为什么问这个呢？我不是说我爱你吗？不能想自己喜欢的男人的裸体吗？你没想过我的裸体吗？"

"我想我想过。"我说。

"你没有想着我的裸体自慰过吗？"

"我想有。初中和高中的时候，"说着我订正道，"不，不只这样，就是最近也有啊。"

"我也一样啊。想到你的裸体，女人也一样没有理由不这样做啊。"她说。

我重新把她的身体抱近，慢慢地吻她。她的舌头伸进我嘴里。"我爱你，岛本。"我说。

"我爱你，阿始，"岛本说，"除了你，我没有爱过别人。我可以再多看你一会儿吗？"

"好啊。"我说。

她把我的阴茎和睾丸轻轻包在她手掌里。"好棒，"她说，"我想就这样全部吃掉。"

"被吃掉就伤脑筋了。"我说。

"可是我想吃掉。"她说。她简直就像在掂正确的重量似的，一直把我的睾丸放在掌心里。然后非常珍惜似的慢慢舔着、吸着我的阴茎,然后看我的脸。"嗨,能不能先让我依照我喜欢的方式去做我想做的?"

"没关系呀。随你高兴怎么做都行,"我说,"只要不是真的吃掉,其他怎么样都行。"

"也许有点奇怪,你别介意噢,因为会害羞,所以你什么都不要说噢。"

"什么都不说。"我说。

她让我仍然跪在地上,用左手抱住我的腰。然后她还穿着连衣裙,用一只手脱丝袜,脱内裤。然后用右手拿着我的阴茎,用舌头舔。然后把自己的手伸进裙子里,一面吸着我的阴茎,那只手开始慢慢动起来。

我什么都没说。她有她的做法。我看着她的嘴唇、舌头和伸进裙子里慢慢移动的手。然后忽然想起停在那保龄球馆的停车场里的租赁汽车里变得僵硬苍白的岛本。我还记得清清楚楚那时候在她瞳孔深处所看见的东西。那瞳孔深处的东西,就像地底冰河一般僵硬冷冻的黑暗空间。在那里所有的声响都被吸进去,永远都不再浮上来,只有深深的沉默,除了沉默没有别的。凝冻的空气发不出任何种类的声响。

那是我有生以来第一次目睹死亡的光景。在那之前我从来没有过身边人死去的经验。也没有亲眼看过任何人在我眼前死去。所以没办法具体想象到底死是怎么一回事。但那一次,死的原形就在我眼前,就在面前几公分的地方展开。我想,这就是所谓死的样子。他们说有一天你也会来到这里。任何人，都会掉进这黑暗的根源中，丧失共鸣的沉默中，掉进无止境的孤独中。我面临这样的世界，感到几近窒息的恐怖。我想在这黑暗的洞穴中是没有所谓底的。

我朝着那凝冻的黑暗深处呼唤着她的名字。岛本！我好几次大声喊着。然而我的声音却被吸进无尽的虚无里去。不管我怎么喊，她瞳孔深处的东西还是丝毫没有动摇。她依然发出那奇怪的隙风般的声音继续呼吸着。那规则的呼吸，告诉我她还在这边的世界。不过那瞳孔深处所有的，却是一切都死绝的那边的世界。

我一面一直望进她瞳孔中的黑暗，一面唤着岛本的名字时，逐渐被自己的身体似乎被吸进那里面的感觉所侵袭。简直就像真空的空间把周围的空气吸进去似的，那个世界正把我的身体吸进去。我现在都还想得起那切实的力量的存在。那时候，他们也在呼唤着我。

我紧紧闭上眼睛，然后把那记忆从脑子里赶走。

我伸手抚摸岛本的头发。我触摸她的耳朵，把手放在她的额头上。岛本的身体是温暖的、柔软的。她简直就像在吸取生命本身一般，继续吸着我的阴茎。她的手简直就像在传达什么似的，抚摸着裙子下自己的性器。一会儿之后，我射精在她口中，她停止手的动作，闭上眼睛，然后把我的最后一滴精液都吸光。

"对不起。"岛本说。

"没什么好道歉的。"我说。

"最先我想这样做，"她说，"虽然很害羞，不过不这样做一次，心情怎么也平静不下来。这对我们来说好像是一种仪式一样。你明白吗？"

我抱着她的身体。然后轻轻把脸颊贴在她脸颊上。感觉得出她脸颊切实的温暖。我把她的头发撩上去，吻着她的耳朵。然后试着探视她的眼睛，我可以看见她的瞳孔上映着我的脸。然后那深处一如平常那样有一口深得看不见底的泉水。而且那里闪着微弱的光，我感觉那就像生命之灯似的，一盏虽然也许什么时候会消失，但现在确实在那里的灯光。她向我微笑。她每次微笑，眼睛旁边总是会形成微小的皱纹。我吻着那微小的皱纹。

"现在换你来脱我的衣服，而且让你依你喜欢的去做，刚才是要你让我依我喜欢的去做，所以接下来你可以依你喜欢的去做了。"

"极平常的就很好，那样可以吗？也许我比较缺乏想象力。"我说。

"可以呀，"岛本说，"我也喜欢平常的。"

我脱下她的连衣裙、她的内衣。然后让她躺在地上，吻她的全身。看遍她身体的每个角落，用手触摸，用唇亲吻。我花了很长的时间，慢慢确认她的全身，一一记忆起来。历经这样漫长的岁月好不容易才来到这里，我也跟她一样不想太急。我尽量能忍就忍，一直到实在忍不住了，才慢慢进入她体内。

我们一直到黎明前才睡。在那地上我们做爱了几次。我们先温柔地做，然后激烈地做。中途有一次，她感情的线像断了似的，激烈地哭起来。然后用拳头用力敲着我的背和肩。在那之间,我紧紧拥抱住她。看样子如果我不紧紧抱住她,岛本好像就要支离破碎了。我好像在抚慰她什么似的,一直抚摸着她的背。我亲吻她的脖子,用手指梳顺她的头发。她已经不是冷静而自我抑制力强的岛本。漫长的岁月,在她内心深处所冻僵的东西,似乎已经开始逐渐一点一滴地融化而露出表面。我可以感觉到那气息和遥远的胎动。我紧紧拥抱住她,让那胎动进入我的身体内部。我想这样或许可以使她逐渐变成我的。我已经无法离开她了。

"我想知道你的事,"我对岛本说,"我对你什么都不知道。你过去是怎么生活的,现在住在什么地方,在做什么事,你结婚了吗,这些所有的事情我全部都想知道。我已经无法再忍受你对我保有任何秘密了。"

"明天再说吧,"岛本说,"明天,我会什么都告诉你。所以现在你什么都不要问。今天还是什么都不知道比较好。如果我现在说出来,你会永远回不了原来的地方噢。"

"反正我已经不回原来的地方了,岛本。而且说不定明天不会来呢。如果明天没来,那么我就永远完全不知道你心中抱着什么样的事了。"我说。

"如果明天真的没来倒好了,"岛本说,"如果明天没来,你就可以什么都不知道了。"

我想要说什么时,她就吻我,把话堵住。

"就让明天被秃鹫吃掉好了,"岛本说,"秃鹫可以吃明天吗?"

"可以呀,很合。秃鹫虽然吃艺术,但也吃明天。"

"那么秃鹰吃什么呢?"

"吃无名大众的尸体,"我说,"和秃鹫完全不同。"

"秃鹫是吃艺术和明天的吗?"

"是啊。"

"好像好棒的组合啊。"

"然后甜点是吃岩波新书的目录。"

岛本笑了。"不过总之,明天吧。"她说。

明天当然是来了。可是醒来时,却只剩我一个人。雨已经完全停了,清透明亮的晨光从卧室窗口射进来。时钟指着九点多,床上没有岛本的身影。我身旁的枕头上还留着她头的形状似的微微凹痕。但到处没看见她。我下床走到客厅找她,试着找过厨房、儿童房和浴室,但都没有她。她的衣服也不见了,她的鞋子也不在玄关。我深呼吸一下,让自己重新融入现实中。但那现实中却有什么没看惯的奇怪地方。那是和我想象中的现实形状不同的现实。那是不能够有的现实。

我穿上衣服,走到屋外看看。那里宝马还和昨夜停的时候一样地停着。也许早上岛本很早醒来一个人出去散步了。我在屋子附近走着,试着寻找她的踪影。然后开车到附近路上转了一会儿。开到外面的大马路,一直开到宫之下一带。但到处看不到岛本的影子。回到屋里，岛本还是没回来。我想会不会有什么留言之类的，便把家里每个角落都找遍了，但什么都没有。连她曾经来过的痕迹都没有。

岛本不见踪影之后屋子里空荡荡的令人窒息。好像空气中混杂了什么粗粗的粒子，吸进空气时觉得喉咙好像被卡住似的。然后我想起了唱片。她送给我的纳京高的老唱片。但不管怎么找都没看见那唱片。岛本走的时候似乎也把那一起带走了。

岛本又从我眼前消失了。这次既没有可能，也没有暂时。

15

我那天四点前回到东京。我想说不定岛本会回来,因此在箱根的家里等到中午过后。什么也不做很难过,于是我打扫厨房,整理放在那里的衣服之类的打发时间。沉默很凝重,偶尔听见的鸟叫声、车子的排气管声,也总觉得有点不自然而不均匀。周围称得上声音的声音,听起来都好像被什么力量勉强扭曲或压缩了似的。我在那里面等待着什么的发生。应该有什么会发生的,我想,因为事情没有理由就这样结束的。

可是什么也没发生。岛本这个人一旦决定一件事情之后,是不会因为时间的流逝而随便改变的。我想我必须回东京。如果岛本会跟我联络的话——这几乎是不可能的——但假如会那样,也应该是到店里来。无论怎么样,再在这里待下去已经没有任何意义了。

开着车的时候,我好几次不得不勉强自己的意识回到驾驶上。好几次我都差一点没看到红绿灯,转弯转错,弄错车道。把车停进店里的停车场之后,我用公共电话打电话回家。告诉有纪子我回来了。然后说我直接去工作。有纪子对此什么也没说。

"好晚了，我一直很担心呢。也不打一通电话。"她以干硬的声音说。

"没问题的，什么也不用担心。"我说。我不知道自己的声音在她耳朵里听起来是什么感觉。"因为没时间，所以我直接到办公室去，整理一下账簿，然后到店里去噢。"

我到办公室去，坐在桌子前面，什么也没做，一个人一直待到夜晚的时间。然后想着昨夜发生的事。很可能岛本在我睡着之后，一点都没睡地醒着，天一亮她就离开了。不知道她是怎么从那里回去的。走到外面大马路之前还有相当一段路，即使到了大马路，早上这么早，在箱根山里面也非常难找到巴士和计程车。何况她还穿高跟鞋。

为什么岛本非要从我眼前消失不可呢？这是我开车时一直在想的问题。我说过我要她，她也说过她要我。而且我们毫不保留地拥抱过。虽然如此，她还是把我留下，一句话也没说地一个人走掉了。连说要送我的唱片也一起带走了。她这样的行为所意味着的东西，我多少可以推测到一些。那其中应该有什么含意，有什么理由。岛本不是心血来潮突然采取行动的那一型。不过，我已经无法从理论上去追根究底思考事情了。所有的思绪都在我脑子里纷纷无声地散落。一旦还要勉强去想什么，头脑深处就会钝钝地疼痛。我发现自己非常疲倦。我坐在地上，靠着墙壁，闭上眼睛。一闭上眼睛，就没办法张开。我所能做的只有回忆而已。我放弃思考，像循环播放没有尽头的卡带一样，只是一遍又一遍地反复回忆各种事情。我想起岛本的身体。闭上

国境之南，太阳之西

眼睛，就——想起躺在暖炉前面她的裸体，还有她身上的每一个部位。她的头和乳房和腹部和阴毛和性器和背和腰和脚。这些形象实在太接近，实在太鲜明了。有时候远比现实还要接近，还要鲜明。

渐渐地，我已经无法再忍耐在这狭小的屋子里被这些活生生的幻影所包围。我走出办公室所在的那栋建筑，漫无目的地在那附近走着绕着。然后到店里面，在洗脸台刮了胡子。我想了一下，自己从早上就一直没洗脸，而且身上还穿着和昨天一样的连帽运动外套。员工没有特别说什么，但以异样的表情、眼珠子骨碌碌地看我。不过我不想回家。如果现在回家，面对有纪子，我很可能把一切都全盘托出。我爱岛本，和她过了一夜，准备连家、女儿和工作都一起抛弃。

我想是不是真的该坦白说出来呢？不过我没办法做到。现在的我已经没有力气判断什么是对、什么是错。连自己身上发生的事都无法正确掌握。所以我没回家。我走到店外，等岛本来。她应该不会来了，我非常清楚，但我还是禁不住要这样做。我到酒吧去寻找她的身影，然后坐在"知更鸟巢"吧台一直到打烊，我空虚地继续等着她。在那里和几个常客跟往常一样闲聊着，但那些话我几乎都没在听。一面漫应着，一面却一直回想着岛本的身体。回想着她的性器是如何温柔地迎接我。还有回想那时候她是如何呼唤我的名字。然后每一次电话铃响，我的心就怦怦跳。

店打烊了，大家都走光之后，我还一个人坐在吧台喝酒。不管喝多少，也没有一点醉意，反而头脑逐渐清醒过来。我想，真的一点办法也没有。回到家,时钟的指针已经绕过两点了。有纪子还没睡,在等我。我没办法睡,只好到厨房坐在餐桌上喝威士忌,她也拿着杯子过来跟我喝一样的东西。

"放点音乐吧。"有纪子说。我把眼前看到的卡带放进卡槽,打开灯,音量调低,免得吵醒小孩。然后我们隔着餐桌有一会儿什么也没说,只是喝着各自杯里的酒。

"你是不是除了我之外有了别的女人?"有纪子一面注视着我的脸一面说。

我点点头。我想有纪子这句话一定不知道在她脑子里反复了多少遍又多少遍。那句话有着清楚的轮廓和重量。从她的声音中我能够感觉到这点。

"而且你喜欢她,不是单纯的玩玩。"

"是,"我说,"不是在玩,不过跟你想的也有点不一样。"

"我在想什么你知道吗?"她说,"我在想什么,你认为你真的知道吗?"

我沉默下来。我什么也不能说。有纪子也一直沉默着。音乐小声地流淌着。维瓦尔第或泰勒曼之类的音乐。我想不起那旋律了。

"我在想什么,我想很可能你都不知道。"有纪子说。她像跟小孩解释事情一样缓慢地一个字一个字清楚地发音。"你一定不知道。"

她看着我。但知道我一句话也不说之后,拿起玻璃杯喝了一口威士忌。然后慢慢摇了一下头。"嘿,我也不是那么傻的,我跟你一起生活，跟你一起睡觉噢。从前一阵子开始你有了喜欢的女人，这点事我是知道的。"

我什么也不说地看着有纪子。

"不过我并不责怪你。我想喜欢上什么人，那也是没办法的。既然喜欢上了，就是喜欢上了。你虽然有我，但一定还会不满足，这点我也能理解。过去我们一直相处得很好，你也一直待我很好。我跟你一起生活觉得非常幸福，而且到现在都觉得你是喜欢我的。不过终究我不是一个十全十美的女人。这一点我多少也知道，我想这种事迟早有一天一定会发生。这也没办法。所以你喜欢上别的女人，我并不怪你。说真的，也没有生气。虽然很不可思议，但并不怎么生气，我只是难过而已。只是非常难过而已。以前虽然想象过如果发生这种事一定很难过吧，但事实上远比想象中难得多。"

"很抱歉。"我说。

"你不需要道歉，"她说，"如果你想跟我分开，也可以呀。我什么都不说就跟你分开。你想跟我分开吗？"

"不知道，"我说，"请你听我解释好吗？"

"解释什么？你跟那个女人的事？"

"对。"我说。

有纪子摇摇头。"那个女人的事我什么也不想听。请你不要让我更难过了。你跟她是什么关系、想做什么，那些都没关系，那些我都不想知道。我想知道的，只有你是不是要跟我分开。房子、钱，我什么都不要。如果你要孩子，也可以给你。真的，我是说真的噢。所以，如果想分开，就说想分开。我想知道的只有这个而已。其他的事，我都不要听。你只要告诉我 Yes 或 No。"

"不知道。"我说。

"你是说你不知道要不要跟我分开？"

"不是。我不知道自己能不能回答。"

"那你要什么时候才知道？"

我摇摇头。

"那么你慢慢考虑吧，"有纪子叹一口气说，"我会等，所以没关系。你慢慢花点时间考虑再决定。"

那一夜我在客厅沙发上铺棉被睡。孩子们有时候夜里起来会走过来，问爸爸为什么在这里睡呢？我解释道，爸爸最近会打呼噜很吵，暂时和妈妈分开不同房间睡，不然妈妈会睡不着。其中一个女儿有时会钻进我的棉被里。那时候我会在沙发上紧紧抱着女儿。有时也从卧室传来有纪子哭泣的声音。

接下来的两星期左右，我继续住在无尽的记忆重现中。我一一想起和岛本度过的最后一夜所发生的每一件事，努力去想那其中是不是有什么含意，试着从里面读出什么讯息。我想起抱在我手臂中的岛本，想起她伸进白色连衣裙下的手。想起纳京高的歌和暖炉的火。试着再现她那时嘴里说过的每一句话。

"就像刚才说过的,对我来说中间性的东西是不存在的,"岛本那时候说,"我心目中是没有中间性的东西的,在中间性的东西不存在的地方,中间也不存在。"

"我已经决定了,岛本,"那时候我说,"你不在的时候,我已经想过好多次好多次了,而且我已经下定决心了。"

我想起坐在车上岛本从副驾驶座一直看着我时的眼睛。那含着某种激情的视线,仿佛还清晰地烙在我的脸颊上。那或许是超越视线之上的东西吧。那时候她所散发着的类似死亡气息的东西,现在我仍然可以清楚地感觉到。她本来是打算要死的。很可能她是为了和我两个人一起死而到箱根去的。

"而且我也会要你的全部。全部噢。你知道这意思吗?你知道这意味着什么吗?"

这样说的时候,岛本是在要我的命。现在,我才明白。就像我作出最后的结论一样,她也作出最后的结论。为什么我那时候没有听懂呢?也许她打算和我拥抱一夜之后,在回程的高速公路上,把宝马的方向盘一转,两个人一起死掉。对她来说,我想除此之外或许没有其他的选择了。但是由于某种原因,她打消了这个念头,然后把一切谜团吞进肚子里,自己消失了踪影。

岛本到底处在什么样的状况?我试着问自己。那是什么样的死胡同呢?是在什么样的情况,以什么样的理由、什么样的目的,然后到底是谁,把她逼到那样的地步呢?为什么从那里逃出来,就非意味着死亡不可呢？我试着一次又一次地想着这个。试着把所有的可能排在自己面前，试着把能够想到的事一一推理，但都不能得到解答。她抱着那秘密消失了。既没有可能，也没有暂时，只有悄悄地消失得无影无踪。想到这里，我心里非常难过。结果她还是拒绝和我共有那个秘密。即使是在我们的身体那样紧密地化为一体之后依然没有改变。

"有些事情一旦往前推进了，就没办法回去了噢，阿始。"岛本可能这样说。半夜里躺在沙发上，我耳边可以听到她的声音这样说。我可以听到那声音所编织出来的话语。"就像你所说的，我想如果我和你只有两个人真的能够到一个地方去，重新开始新的人生，那不知道有多美妙。可是很遗憾，我没办法离开这里，那是物理性的不可能噢。"

我想象岛本还是个十六岁的少女，站在花园的向日葵前面，怯生生地微笑着。"终究，我还是不应该去见你啊。一开始我就知道，我可以预想会变成这样。但我实在无论如何也忍不住，无论如何都想见你，到了你面前又忍不住开口跟你讲话，阿始，这就是我啊。我并没有打算要这样，可是最后，我总是会把每件事都弄得不可收拾。"

我想今后我再也见不到岛本了。她只存在于我的记忆中。她已经从我眼前消失。她曾经在那里，但现在消失了。那里没有所谓中间性的东西存在。在中间性的东西不存在的地方，中间也不存在。国境之南可能或许存在，但太阳之西可能却不存在。

我每天把报纸的每个角落都读遍，心想上面会不会有自杀女人的

国境之南，太阳之西

记载。但却没发现那类的记载。世上每天都有很多人自杀，但那都是别人。能够露出漂亮微笑的三十七岁美丽女人，就我所知，似乎还没有自杀。她只是从我眼前消失了而已。

我表面上还是和以前几乎没有两样地继续过着日常生活。多半每天送小孩到幼儿园，再接她们回家。我在车子里和孩子一起唱歌。有时在幼儿园前面会遇见那位坐260E的年轻女人，并和她谈谈。和她谈话的时候，很多事情会暂时忘记一下。我和她依旧只谈一些吃的穿的事情。我们每次遇到，就把青山地区或有关自然食品的一些新资讯搬出来，一一互相交换。

在工作场所我也和平常一样，进退合度地扮演着我的角色。每天晚上我打着领带到店里，和熟悉的常客聊聊天，听听员工发表各种意见和不满，给工作的女孩子小小的生日礼物，请来玩的音乐家喝酒，品尝品尝鸡尾酒的味道，听听钢琴的音调是不是准确，注意酒醉的客人有没有给别的客人带来麻烦，如果有任何争执，立刻排解。店铺的经营顺利得不能再顺利。我周围的一切都圆满地进行着。只是我已经不再像以前那样热心店铺的经营了。对那两家店我已经没办法像从前那样热情投入了。我想或许在别人眼里看不出来。表面上我和以前完全一样。或许可以说看起来比以前更和气、更亲切、更健谈了。不过我自己非常知道。坐在吧台椅上转头环视店内一圈，觉得很多东西和以前不同了，非常平板而失色。那已经不是从前那种精致微妙而带有鲜明色彩的空中庭园了。而只不过是到处可见的吵闹酒场。一切看起来都那么人工化、单薄而落魄。那里所有的一切只不过是以从醉客身上掏取金钱为目的所制作出来的舞台布景而已。在我脑子里曾经有过的幻想似的东西，不知道什么时候已经全部消失无踪。因为岛本永远也不会再来了。因为她已经不会再来坐在吧台旁，微笑地点鸡尾酒了。

　　在家里我也过着和以前一样的生活。我和大家一起吃饭，星期天带着孩子出去散步，去动物园。有纪子对我，至少在表面上，态度还是和以前一样。我们还是一样两个人谈着各种事情。大致说来，我和有纪子过得就像很巧住在同一个屋檐下的老朋友一样的日子。在那里有不能谈的话，也有无法谈的事情。但我们之间并没有带刺的空气。只是互相不碰彼此的身体而已。一到晚上，我们就分开睡觉。我在客厅沙发睡，有纪子在卧室睡。或许那是在我们的家庭里发生的唯一有形的变化。

　　我也曾经想过，结果这一切的一切难道都只不过是演技而已吗？是不是我们只不过各自把被分配到的角色一一演出来而已呢？所以就算其中丧失了什么很重要的东西，但大家在技巧上还是能够和以前一样每天没有太大过失地过下去呢？这样想时心里很难过。这种空虚而技巧性的生活，一定深深伤害了有纪子的心吧。不过，对她的问题，我还无法回答。我当然并不想离开有纪子。这点很清楚。但我没有资格这样说。我曾经一度想要抛弃她和孩子们，但总不能因为岛本消失无踪，不会再回来了，所以又顺利地回到原来的生活。事情并没有这么简单，而且也不能这么简单。加上我还无法将岛本的幻影从脑子里赶走。那幻影未免太鲜明而真实了。只要一闭上眼，我就可以清晰地想起岛本身体的所有细部，可以想起手掌上她肌肤的触感，耳朵边可以听见她的声音。我不可能依旧抱着这样的幻影，而去拥抱有纪子的身体。

我尽可能一个人独处，而且也不知道要做什么事才好，所以我每天早上，一天也没休息地去游泳池。然后到办公室，一个人望着天花板，继续无止境地耽溺于对岛本的幻想中。这样的生活我想必须做个了结。我把和有纪子的生活一半放弃地丢下不管，对她的问题还保留着没有回答，继续活在某种空白之中。这样的情况总不能一直继续下去。这样怎么想都是不正确的。作为一个人、一个丈夫、一个父亲，我必须负起责任。但实际上我什么也不能做。幻想一直在那里，把我紧紧捉住。一下雨，情况就更糟。一下雨，我就会被岛本现在立刻就可能到这里来的错觉所袭击。带着雨的气息，她悄悄推开门，我可以想象她脸上浮现的微笑，我说错什么的时候，她还是保持那微笑，安静地摇摇头。于是我说出的所有的每一句话都失去了力气，就像附在窗子上的雨滴一样，从现实的领域，慢慢滴落下去。下雨的夜晚总是令我透不过气。它使现实扭曲，使时间狂乱。

当幻想得精疲力尽之后，我会站在窗前长久望着窗外的风景。常常觉得自己好像一个人被遗弃在没有生命迹象的干燥土地上。好像幻影的群像已经将周遭世界一切称得上色彩的色彩丝毫不剩地吸个精光。映在眼里的一切事物和风景，简直就像临时拼凑起来的，平板而空虚。而且这一切都满是灰尘地泛着沙色。我想起那个告诉我泉的消息的高中时代同班同学。他这样说："大家都有不同的活法、不同的死法。不过那都不重要，最后只有沙漠留下。"

接下来的一星期，好像早就等在那里似的，一连发生了几件奇怪的事。星期一早晨，我忽然想起要找一个里面放有十万圆的信封，并没有特别的理由，只是对那个信封有点不放心。我在好几年前，把它放进办公室的书桌抽屉里。从上面数过来第二个抽屉，是上了锁的。我搬到这办公室来的时候，把那信封和其他贵重物品一起放进那个抽屉里，偶尔会确定一下它的存在，除此之外一切都没有碰过。但抽屉里的信封却不见了。这是非常奇怪而不自然的事。因为我完全不记得曾经动过那个信封。关于这点我有百分之百的自信可以确定。为了慎重起见，我把书桌的其他抽屉全部抽出来，每个角落都找遍。但还是没有看见信封。

我试着回想最后一次看见那个放了钱的信封是在什么时候。我想不起确切的日期，虽然不是很久以前，但也不是最近。也许是一个月以前，也许是两个月以前，或者三个月以前也说不定。不过总而言之，在不是很久以前，我还拿起那信封，很清楚地确认过它还在的。

我莫名其妙地坐在椅子上，一直望着那抽屉好一会儿。会不会有

国境之南，太阳之西

人进来，打开抽屉钥匙，只把那信封偷走呢？那首先就不可能（因为书桌里还有其他的现金和值钱的东西），但以可能性来说也不是完全没有。或许我犯了很大的错，自己在不知不觉下把那信封处理掉，事后又完全不记得。这样的事情也不是绝对不会发生。不过不管怎么样都无所谓了，我对自己说。这种东西反正迟早要处理掉的，这么一来，不是更省事吗？

不过我已经意识到了那信封消失的事实，在我的意识之中，那信封的不存在和存在清楚地交换位置之后，信封存在这一事实所伴随的应该存在的现实感，也同样急速地丧失了。那就像晕眩一样奇怪的感觉。不管我怎么对自己说，那不存在感仍然逐渐在我心中快速膨胀，并激烈地侵蚀我的意识。那不存在感把过去应该曾经明确存在过的存在感压倒，并贪婪地吞食殆尽。

例如是有现实用来证明某种发生的事情是现实。因为我们的记忆和感觉实在太不确定，而且片面。我们自以为认知的现实到底有多少成分是现实，又有多少成分是"我们认为是现实的现实"呢？很多情况甚至令人觉得不可能识别。因此我们为了将现实和现实串联，往往需要另外一个相对化的现实——邻接的现实。而那另一个邻接的现实，仍然需要一个相对化的根据，一个可以证明它是现实的邻接现实。这一类的连锁在我们的意识中一直继续串联，在某种意义上，如果说由于它的连续，由于维持这些连锁，所谓我的存在才能够成立也不为过。但由于某个地方，由于某种原因，那连锁中断了，于是在中途我就迷失了方向。不知道中断的那一侧的东西是真正的现实，还是中断的这一侧的东西才是真正的现实。

我那时候所感觉到的，就是这种中途迷失的感觉。我决定把抽屉关上，把一切都忘掉。我想那钱一开始就应该丢掉的，留下那种东西本身就是错误。

同一周的星期三下午，当我开车经过外苑东路时，发现一个和岛本非常像的女人背影。那个女人穿着蓝色棉长裤、浅灰褐色雨衣、白色防滑布鞋。而且一只脚好像有点跛地走着。看到那个女人的身影时，我感觉周围的一切情景似乎在一瞬之间冻结了。一股像空气团块似的东西从胸口一直涌到喉头。我想是岛本。我追过她，想从后视镜确认，但她的脸却被其他行人遮住而看不清楚。我一踩刹车，后面的车就猛按喇叭。不管怎么说，那背后的样子、头发的长度都和岛本一模一样。我真想当场立刻停下车来，但目之所及路上已经停满了车。再往前开大约二百米发现一个可以挤进一辆车的地方，于是勉强停在那里。我跑回发现她的那一带，但那里已经没有她的影子。我试着在那一带绕着圈子拼命找。她脚不好，应该不会走得太远的，我告诉自己。我把别人推开，强行横越马路，跑上人行天桥，从高处往下看路上行人的脸。我身上穿的衬衫已经被汗湿透了。可是过一会儿我忽然想到，我所看见的女人不可能是岛本。那个女人和岛本跛的不是同一只脚，何况岛本的脚已经不跛了。

・・・・・・・・・・

国境之南，太阳之西

　　我摇摇头，深深叹一口气。我真的不知道是怎么搞的。简直像突然站起来头发晕一样，感觉身体急速虚脱。我靠在交通信号灯柱子上，暂时看着自己的脚尖。信号灯由绿变红，又由红变绿，人群穿过马路，等信号，然后过马路。在那之间我一直靠在信号灯柱子上调整着呼吸。

　　忽然一抬起眼睛，泉的脸就在那里。泉坐在停在我前面的计程车里。从那后座的车窗里，她正注视着我的脸。计程车因为红灯而停下，泉的脸和我之间仅仅只有一米左右的距离。她已经不是十七岁的少女了。但我一眼就能看出那个女人是泉。那不可能是泉以外的任何人。在那里的是我二十年前抱过的女人。那是我第一次接吻的女人。我在十七岁秋天的下午，让她脱了衣服，使她弄丢了吊袜带绊扣的那个女人。所谓二十年这岁月不管会把人怎么改变，但那张脸我是不会看错的。有人说"孩子们都怕她"。听到这话时，我无法掌握那意思。那句话想传达什么呢？我无法完全了解。不过现在泉就这样在我眼前，我可以清楚地理解他没说出来的话。她脸上没有所谓表情的东西。不，这不是正确的表达，或许我应该这样说，从她脸上，应该以表情这名字来称呼的东西，已经一个也不剩地被夺走了。那使我想起能称之为家具的家具一个也不留地全部被搬出去后的房间。她脸上连感情的碎片都没露出来。简直就像深海的底一样，那里一切的一切都无声地死绝了。而且她那张连表情的碎片都没有的脸，正在一直注视着我。我想她应该是在注视我。至少那眼睛正直直地向着我的方向。

但她的脸朝向我并没有诉说什么。假定她正要向我说什么的话,她所说出来的也是无尽的空白。

我呆呆站定在那里,失去所谓语言的东西。我只能一面吃力地支撑着自己的身体,一面慢慢呼吸着而已。那时候,我真的迷失了所谓自己这东西的存在。有一会儿,我连自己是谁都不知道了。觉得好像叫作我的这个人轮廓被消灭了,化作泥泞稀糊的液体了。我已经没有余力思考任何事情,几乎是无意识地伸出手,碰那玻璃窗,然后我用手指轻轻摸那表面。那行为意味着什么,我也不知道。有几个行人站住了,惊讶地看着我。但我不能不这样做,我隔着玻璃,继续慢慢摸着泉那没有脸的脸。虽然如此,她还是一动也不动。她连眼睛都没眨一下。她是死了吗?不,不可能死,我想。她不眨眼睛地活着。在那无声的玻璃窗后面的世界里,她活着,而她那不动的嘴唇,正说着无尽的虚无。

信号灯终于变绿,计程车开走了。泉的脸到最后依然没有表情。我一直定定地站在那里,看着那辆计程车被吸进车群中消失了。

我回到停车的地方,身体落座在车上。总之必须离开这里,我想。正要发动引擎时,我忽然非常不舒服。激烈地想吐,但吐不出来。只是想吐而已。我两手搭在方向盘上,在那里安静不动了大约十五分钟,汗水湿透了我的腋下。觉得全身正发出令人厌恶的气味。那已经不是以前被岛本温柔地舔遍的我的身体。那是发出不快气味的中年男人的身体。

过了一会儿交通巡警走过来,敲着玻璃窗。我打开窗,这里禁止停车噢,喂!警官探头看里面说,立刻把车开走。我点点头发动引擎。

"你脸色不太好,不舒服吗?"警官问。

我默默摇着头。然后就那样把车开走。

然后过了几个钟头,我仍然无法把所谓自己这东西拿回来。我只是个躯壳而已,身体里面只响着空虚的声音。我知道自己真的变成空空的了。刚才应该还留在体内的东西,全部都跑出去了。我把车子停在青山墓地里面,呆呆望着车前玻璃外的天空。我想,泉在那边等着我。很可能她经常在什么地方等着我。什么地方的街角,什么地方的玻璃窗后,她在等着我走过去。她一直在注视着我,只是我看不见这些而已。

接下来的几天里,我几乎跟谁都没办法开口。每次因为想说什么而张开嘴巴时,话又忽然消失了。简直就像她正要对我说的虚无已经完全进入我里面了似的。

不过和泉那样奇妙地邂逅之后,包围在我四周的岛本的幻影和残响,却随着时间慢慢淡化了。眼前所见的风景多少恢复了一点颜色,像走在月球表面似的无依感似乎也逐渐平稳下来。重力微妙地变化着,紧紧黏附在自己身上的一些东西,被一一扯下来。我像隔着玻璃在看发生在别人身上的事情一般,恍惚地感觉着。

几乎就在那前后,我里面的什么消失了,中断了。无声,而决定性地。

在乐队休息时间,我走到钢琴师的地方,说以后可以不用再弹《Star Crossed Lovers》了。我笑一笑,很亲切地这样说:"因为到现在为止已经听得够多了,差不多可以了,我已经很满足。"

他以好像在观测什么似的眼光看了一会儿我的脸。我和那钢琴师的交情可以说是私下的朋友。我们有时候会一起喝喝酒,谈谈个人的事。

"还有一点不太清楚,你的意思是那首曲子不需要特别弹就行了呢,还是希望我再也不要弹了呢?因为这两者相当不一样,所以能不能请你说得更明白一点?"他说。

"希望你不要弹。"我说。

"并不是不中意我的演奏噢?"

"演奏方面没问题,很棒。这曲子能演奏得好的人还不多呢。"

"那么也就是说,那曲子本身已经不想听了,对吗?"

"大概是吧。"我说。

"那有点像《卡萨布兰卡》一样噢,老板。"他说。

"确实。"我说。

从此以后,他看到我露面时偶尔会开玩笑地弹《As Time Goes By》。

我不想再听那首曲子,理由并不是因为那旋律会使我想起岛本。

而是它已经不像以前那样能打动我的心了。我不知道为什么。不过我以前在那音乐中发现的某种特别的东西，已经从那里消失了。我长久以来继续寄托在那音乐里的某种心情似的东西已经消失了。那依然是优美的音乐，但只不过如此而已。而我已经不想一次又一次地反复听那像某种遗骸般的美丽旋律了。

"你在想什么？"有纪子走过来问我。

那是半夜两点半，我躺在沙发上，还睡不着，一直睁着眼睛瞪着天花板。

"我在想沙漠的事。"我说。

"沙漠的事？"她说，她在我脚边坐下，看着我的脸，"什么样的沙漠？"

"普通的沙漠啊。有沙丘，有些地方长仙人掌的沙漠，还有各种东西，活在里面。"

"那里面也包括我在内吗，那个沙漠？"她问我。

"当然也包括你在内呀，"我说，"大家都活在那里，但真正活着的是沙漠，和电影一样。"

"电影？"

"《沙漠奇观》，迪士尼的作品。有关沙漠的纪录片电影。你小时候没看吗？"

"没有。"她说。我听了觉得有点不可思议。我们全部同学都被老师从学校带去电影院看了那部电影啊。不过想想有纪子比我小五岁。大概那部电影上映的时候,她还太小不能看。

"下次到录像带店去租回来看吧。星期天大家一起看,很好的电影噢。风景好漂亮,有各种动物和花,小孩子也看得懂。"

有纪子微笑地看着我的脸。我真的已经好久没看见她的微笑了。

"你想跟我分开吗?"她问。

"有纪子,其实我是爱你的。"我说。

"也许是,但我问你的是'你还想跟我分开吗?',答案只有 Yes 或 No 之一呀。除此之外的回答我都不接受。"

"我不想分开。"我说。我摇摇头。"也许我没有资格说这话,但我不想跟你分开。如果就这样离开你,我想我真的会不知道要怎么办才好。我不想再一次变孤独。如果再一次变孤独,还不如死比较好。"

她伸出手,轻轻摸我的胸。然后一直看着我的眼睛。"请你忘记资格这回事。因为谁也没有所谓资格这回事。"有纪子说。

我胸口一面感觉着有纪子手掌的温暖,一面想到死。我那一天很可能在高速公路上和岛本一起死掉的。如果真的那样的话,我的身体应该已经不存在这里了。我应该已经消失无踪了,和其他很多东西一样。不过我还像这样存在这里。而且我的胸上还存在着有纪子拥有温度的手掌。

"有纪子,"我说,"我非常喜欢你哟。自从第一次遇见你那天开始就喜欢了,现在还是一样喜欢。如果我没有遇见你,我想我的人生会更凄惨、更糟糕。这一点我对你怀有无法用言语表达的深深感谢。但虽然如此，我现在还是伤害了你。那大概因为我是太任性、太没用、太没价值的人。我无意义地伤害了周围的人，同时也伤害了自己。破坏了别人，也破坏了自己。我并不是有意这样做的，但却没办法不这样。"

"这倒是真的。"有纪子声音平静地说。让我觉得好像微笑的痕迹还留在嘴边似的。"你确实是个任性的、没用的人，也确实伤害了我。"

我看了一会儿有纪子的脸。她嘴里说的话并没有责备我的意味，她没有生气，也没有悲伤，只是把事实当事实在述说着而已。

我慢慢花时间寻找话语。"我觉得我在过去的人生中，好像总是经常想要变成另外一个人。我经常想要到新的地方，过新的生活，在那里渐渐养成新的人格。我过去重复这样好几次。那在某种意义上是成长，某种意义上是类似人格替换的东西。不过不管怎么说，我希望通过变成不同的人，而从过去自己所抱有的什么之中解放出来。我真的是，认真地，在追求这个，并且相信只要努力，总有一天，这会变成可能。不过结果我想我哪里也没去成。我不管到哪里，都只不过是我而已。我所抱着的缺陷，不管到哪里，依然还是同样的缺陷。不管周围的风景如何改变，人们说话的腔调如何改变，我只不过依然是个不完整的人。不管去到哪里，我身上还是有着同样致命的缺陷，那缺陷带给我强烈的饥饿和渴望。我一直被这饥饿和渴望所苦，或许今后还是一样会被这所苦。在某种意义上,因为那缺陷本身就是我自己呀。我自己知道。现在,为了你,我很想尽量变成一个新的自己,而且也许我做得到。就算不是一件简单的事,但我只要努力,也许多少可以获得一个新的自己。不过说真的,如果再发生一样的事情,我很可能又会再做出一样的事情来。我可能又会再同样地伤害你。我什么也无法向你保证。我所说的资格是指这个。我无论如何都没有自信能够战胜那个力量。"

"你过去一直想逃避那个力量吗?"

"我想大概是吧。"我说。

有纪子依然把手掌放在我胸上。"可怜的人。"她说。好像在念写在墙上的大字一样的声调。我想或许真的墙上那样写着也不一定。

"我真的不知道,"我说,"我不想跟你分开。这点很清楚。不过那答案真的是正确的吗?这点我不知道。连这是不是我能够选择的事情,我都不知道。有纪子,你就在这里,而且正受着苦。我可以看到。我可以感觉到你的手。不过和这个不一样,有些看不见、感觉不到的东西也存在。那好比像思想之类的东西、可能性之类的东西,那些会不知道从什么地方冒出来、织出来。而且那会住在我里面。那不是我能够靠自己的力量选择或回答的事情。"

有纪子久久沉默着。偶尔夜间运货的卡车从窗下的道路通过。我看看窗外,但什么也看不见。那里只有将深夜和黎明相系相接的没有名字的空间和时间的延续而已。

国境之南，太阳之西

"这种状态持续的期间，我好几次想死，"她说，"这不是要威胁你才说的。是真的，我好几次都想死。我是那样孤独而寂寞。我想死本身并没有多难。你知道吗，就像屋子里的空气逐渐稀薄一样，我心里，想要活下去的愿望正逐渐减少。这样的时候，死并不太难过。我甚至没有考虑小孩。我死掉以后，小孩会怎样，我几乎都没有考虑。我是这样孤独寂寞。我想你大概不会明白吧？关于这件事，你大概没有真的认真考虑过吧？我有什么感觉，我在想什么，准备做什么。"

我默不作声。她的手从我胸上拿开，放在自己膝盖上。

"不过总之我没有死，总之我还在这里，因为我想如果有一天你又回到我身边，我终究还是会接受你的。所以我没有死。那不是资格、正确不正确的问题。或许你是个没有用的人、没有价值的人。或许你还会再伤害我，但那也不是问题。你一定什么也不知道。"

"我想我也许什么也不知道。"我说。

"而且你什么也不想问。"她说。

我张开口正想说什么，但话却说不出口。确实我对有纪子一句话也没有问。我想这是为什么呢？为什么我什么都没想要问过她呢？

"资格是从今以后你要去建立的，"有纪子说，"或许应该说我们。或许我们这方面还不够。我们过去好像在一起建立了什么，其实或许什么也没有建立。一定是一切都太顺利了，也许我们太幸福了。你不觉得吗？"

我点点头。

214

有纪子双手交叉抱在胸前，看了一会儿我的脸。"我以前也有过类似像梦一样的东西，也有过类似像幻想一样的东西。不过不知不觉，那些东西就消失了。那是在遇见你以前的事。我把这些东西扼杀了，也许是靠自己的意志扼杀掉，舍弃掉的。就像已经不需要的肉体器官一样。这样做对不对，我不知道。不过那时候，我想我除了这样做别无选择。有时候我会做梦，梦见有人把那个送来，好几次好几次都做同样的梦。有人双手捧着那个过来说：'太太，这是你遗忘的东西。'像这样的梦。我跟你在一起生活，一直很快乐，既没有什么称得上不满的地方，也没有想要更多的东西。不过，虽然如此，还是经常有什么在后面追我，半夜里我会一身冷汗地惊醒过来，被那应该是我已经舍弃了的东西追着过来，并不是只有你在被什么追着。也不是只有你在舍弃什么，丧失什么噢。你明白我说的吗？"

"我想我明白。"我说。

"你或许有一天还会再伤害我。那时候我会怎么样，我也不知道。或者下次是我伤害你也不一定。谁也不能保证什么。真的，我也不能，你也不能。不过总之，我喜欢你，只有这样而已。"

我抱着她的身体，抚摸她的头发。

"有纪子，"我说，"从明天开始吧！我想我们可以从头开始重新再来一次。不过今天已经太晚了。我希望从一个完整全新的一天开始，好好地开始。"

有纪子注视了一会儿我的脸。"我觉得，"她说，"你对我还什么也没问。"

"我想从明天起重新开始过新的生活,你对这个怎么想?"我问。

"我想这样很好。"有纪子轻轻微笑地说。

　　有纪子回到卧室之后,我仰身躺下,长久望着天花板。那是没有任何特征的普通公寓的天花板。那上面没有任何有趣的东西,不过我却一直注视着。偶尔由于角度的关系,映出车子的灯光。幻影则不再浮现。岛本乳头的触感、声音的回响、肌肤的气味,已经不再记得那么清楚。偶尔会想起泉那没有表情的脸。想起隔着我和她的脸的计程车窗玻璃的触感。那时候,我就安静闭上眼想有纪子。我反复一次又一次在脑子里回想有纪子刚才说的话。闭着眼睛,侧耳倾听自己体内移动着的东西。我或许正在变化着吧。而且也不得不变化。

　　今后自己内部是不是一直有力量守护有纪子和孩子,我还不知道。幻想已经不再帮助我了。那已经不再为我织梦。那空白只有靠自己的身体去习惯。终究自己已经走到这个地步了,我想。我必须要去习惯它。而且也许这次,我不得不为某人织出幻想,那是我被要求的事。那样的幻想到底具有多大的力量,我不知道。不过如果要找出所谓现在的我有什么存在的意义的话,或许我就不得不尽我的力量去继续进行这个工作了——可能。

　　快接近天亮时,我放弃睡眠,在睡衣上套一件毛衣,走到厨房煮咖啡喝。我坐在厨房的餐桌前,望着逐渐泛白的天空。真是好久没有看着天亮了。天空的一角出现一道蓝色的轮廓,那就像纸上渗了蓝墨水似的慢慢晕开。那将全世界所有称之为蓝色的蓝集合起来,只把其中任何人看了都会说是蓝的东西抽出来,再调在一起似的蓝。我手肘支在餐桌上,什么也没想地一直注视着那样的光景。但太阳一出现在地表之后,那蓝终于被吞进日常的昼光之中去了。可以看见墓地上只浮着一片云。轮廓清晰、纯白的云。那上面好像可以写字一般清晰的云。另一个崭新的一天开始了。不过这新的一天准备带给我什么呢?我无法预见。

我现在开始该送女儿们去上幼儿园,然后去游泳池。就像平常那样。我想起初中时候经常去的游泳池。我想起那游泳池的气味、天花板反射的回音。那时候我正在转变成新的什么。我站在镜子前面,可以看见自己身体变化的样子。安静的夜晚,甚至那肉体正在成长的声音都听得见。我穿上所谓自己这件新衣,正准备踏进新的地方去。

我坐在厨房桌前,还一直望着墓地上的浮云。云一动也不动,简直就像钉在天空上似的,完全静止地贴在那里。女儿们差不多该起来了,我想。天已经亮了,女儿们不能不起来了。她们比我更强烈、更切实地需要这新的一天。我必须走到她们的床前,掀开棉被,把手搭在那柔软温暖的身体上,告诉她们新的一天已经来了。那是现在我不能不去做的事。不过我无论如何都无法从那厨房的餐桌前站起来。好像身上所有的力气都消失了似的。简直就像有人悄悄绕到我背后,不声不响地拔掉我身上的塞子似的。我两肘支在桌上,手掌盖着脸。

我在那黑暗中,想起降落海上的雨,想起广大的海上,没有任何人知道正静悄悄地下着雨。雨无声地敲着海面,连鱼儿们都不知道。

直到有人走过来,悄悄把手放在我背上,我一直在想着那样的海。